W0363127

Wolfgang Hermann

Herr Faustini und die Glatze der Welt

Roman

Milena

1

Herr Faustini sah im Fernsehen, wie riesige Fällgreifer in Alaska Bäume umklammerten, absägten, entasteten, schälten und zerkleinerten, als wären sie Zahnstocher. Herrn Faustini beschlich dabei ein mulmiges Gefühl. Diese mächtigen Bäume hatten mehr als ein Menschenleben lang ihren Schatten auf den Waldboden im fernen Alaska geworfen, um nun im Minutentakt zu verschwinden. Herr Faustini glaubte den Aufschrei der Erde zu spüren, der diese Maschinen ihre Kinder entrissen. Er richtete sich so ruckartig in seinem Ohrensessel auf, dass der Kater von seinem Schoß sprang. Herr Faustini hatte den Gedanken der alten Naturreligionen, die Erde sei als Ganzes ein Lebewesen, schon immer anziehend gefunden. Denn wer die Erde als Spenderin allen Lebens, als Mutter verehrte, der fügte ihr nicht solche Verletzungen zu, wie der moderne Mensch es tat.

Herr Faustini schaltete den Fernseher aus und trat auf die Terrasse. Der Kater strich durch den Garten, blieb stehen, drehte sich um und miaute, als würde er Herrn Faustini auffordern, es ihm gleichzutun. Der Garten lag in Dunkelheit, dorthin folgte Herr Faustini jetzt dem Kater, der durch die Hecke kroch, um seine nächtliche Inspektionsrunde anzutreten. Viel Glück auf deinen Katerwegen, flüsterte ihm Herr Faustini hinterher, und Freude soll auch dabei sein!

Herr Faustini legte den Kopf in den Nacken und betrachtete den Sommernachthimmel. Die Tage der Perseiden rückten näher, und tatsächlich glühte schon die erste quer über den Himmel. Für Herrn Faustini, der süchtig nach den klaren lauen Sommernächten war, war nicht Weihnachten oder Silvester der Höhepunkt des Jahres, es waren die Perseidennächte mit ihren lautlos über das Firmament sausenden Feuerschweifen verglühender Kometen.

Ach Unendlichkeit! Herr Faustini hatte vor vielen Jahren einer Bekannten bei einem Nachtspaziergang in den Bergen während der Perseidennächte die Sternschnuppen gezeigt, die alle Augenblicke übers Firmament rasten. Er hatte geschwärmt von diesem Schauspiel, während seine Begleiterin mit jeder Sternschnuppe übellauniger geworden war. Auf Herrn Faustinis Frage, ob es ihr gut ginge, hatte sie erwidert, sie ertrage den Blick in die Unendlichkeit des Universums nicht, weshalb sie üblicherweise Nachtspaziergänge unter wolkenlosem Himmel meide. Nur seinet- und ihrer guten Bekanntschaft wegen habe sie die Einladung zum Perseiden-Spaziergang angenommen. Denn eigentlich hasse sie Spaziergänge unter wolkenlosem Nachthimmel, sie machten ihr Angst. Und zwar nicht, weil die Nacht im Allgemeinen ihr Angst mache, vielmehr sei es der Blick ins Universum, der ihr unerträglich sei.

Herr Faustini entschuldigte sich dafür, dass er sie, ohne an die Folgen zu denken, in die Perseidennacht auf den Berg mitgenommen habe. Er habe angenommen, eine solche Nacht der tausend Sternschnuppen würde ihren Gefallen finden.

Nicht im Geringsten, erwiderte die Bekannte schroff. Herr Faustini ersparte sich ein Aha oder Soso oder Weshalb. Er sagte gar nichts. Von selbst sagte die Bekannte schließlich mit leicht belegter Stimme, der Blick ins Universum sei für sie unerträglich, denn er zeige ihr, wie klein und nichtig ihr Leben sei. Diese Vorstellung mache ihr Angst, und auf Angst reagiere sie nun einmal mit Wut, das sei die wohl gesündeste Reaktion darauf, ob er, Herr Faustini, das nicht auch so sehe.

Gewiss, gewiss, hatte Herr Faustini gemeint, er sehe das genauso, wobei er das nur aus Höflichkeit behauptete. In Wirklichkeit war er beunruhigt über den Geisteszustand seiner Bekannten, die er in dieser lange zurückliegenden Nacht so rasch wie möglich vom Berg herunter und nach Hause vor ihre Tür gebracht und sich fluchtartig aus dem Staub gemacht hatte. Er hatte keine Minute von der wertvollen Perseidennacht verlieren wollen, so mochte es sein, dass er gegen seinen Höflichkeitskodex verstoßen und seine Bekannte ratlos zurückgelassen hatte. Jedenfalls fand er damals, als er später in der Stille der magischen Nacht allein am Seeufer stand, sein Gleichgewicht wieder. Von seiner Bekannten hörte er freilich nie wieder ein Sterbenswort.

Als Herr Faustini zurück ins Haus trat, brauchte er ein wenig Lärm. Er schaltete den Fernseher ein. Gerade in diesem Moment sagte einer, der aussah, wie man sich einen weisen Mann vorstellte, die um sich greifende frühzeitige Glatzenbildung junger Männer hänge ursächlich mit der Rodung und Verwüstung weiter Flächen unseres Planeten zusammen.

Die Ähnlichkeit einer Glatze mit der entblößten, vergewaltigten Erde liege doch auf der Hand, wer sehen könne, der sehe genau hin. Die Erde räche sich, indem sie die jungen Männer früh ihres Kopfhaars beraube, Sinnbild der geschundenen, kahl geschlagenen Erde.

Herr Faustini ging rasch ins Badezimmer, neigte vor dem Spiegel seinen Kopf und betastete ihn, teilte mit beiden Händen eine Locke und forschte nach Spuren des Haarausfalls. Gott sei Dank sah sein Kopf noch nicht aus wie die geschundenen Wälder Alaskas. Aber hatte der weise Mann nicht gesagt, die Rache der geschundenen Erde treffe vor allem junge Männer, aus denen sie Glatzköpfe mache? Nun, Herr Faustini war kein junger Mann mehr, und ob ihn die Weltglatze in seinem Alter in seinem stillen Haus in der Abgeschiedenheit noch finden würde? Selbst wenn: Der Kater würde sich an Herrn Faustinis neuer Glatze nicht stören. Musste man sich die Menschheit der Zukunft als Glatzköpfe vorstellen?

2

In letzter Zeit ging Herr Faustini nur noch selten in die Dorfbücherei. Nicht weil er die Lust am Lesen verloren hatte, nein, Herr Faustini ertappte sich sogar dabei, wie er *Jim Knopf und Lukas der Lokomotivführer* mit Genuss wieder las. Satz für Satz, Bild für Bild spazierte er durch Lebens- und Lesebilder aus seiner Kindheit. Mit *Jim Knopf* reiste Herr Faustini mühelos durch die Zeit, er genoss es Seite für Seite.

Im Laufe der Jahre hatte er die Dorfbücherei regelmäßig frequentiert, hatte auch dann und wann nicht für sein Alter vorgesehene Bücher ausgeliehen und sich wie ein Kind aufs Lesen und Wiederlesen gefreut. Die Leiterin der Bücherei, Fräulein Ingrid, grüßte ihn je nach Wind und Wetter einmal mit lieblichem Lächeln, ein andermal mit kurzem Kinnrecken. An trüben Tagen – oder woran mochte es sonst liegen? – drehte sie ihm beharrlich den Rücken zu, wofür Herr Faustini Verständnis hatte, denn wer war an trüben Tagen schon immer guter Laune. Mit den Jahren prüfte Herr Faustini, ehe er zur Dorfbücherei aufbrach, den Himmel nach Gewitterfronten, Wetterstürzen und anderem Ungemach, um schon im Vorhinein Fräulein Ingrids Laune abschätzen zu können. Doch manchmal gab es das Paradoxon der umgekehrten Wirkung der Witterung auf Fräulein Ingrid.

Herr Faustini betrat in Erwartung, von Fräulein Ingrid

einmal mehr wie Luft behandelt zu werden, die Dorfbücherei, als Fräulein Ingrid ihn mit einem freundlichen, beinahe liebenswerten Lächeln begrüßte. Herr Faustini grüßte begeistert mit seinem freundlichsten Lächeln zurück. Auf das Wetter war also kein Verlass, denn es standen schwere dunkle Wolken über der Dorfbücherei, die jeden Augenblick darauf abregnen konnten. Sollten sie nur, denn Herr Faustini und Fräulein Ingrid waren geborgen im Trockenen, und noch dazu hatte Fräulein Ingrid Herrn Faustini so freundlich begrüßt wie schon sehr lange nicht mehr, möglicherweise sogar noch nie. Am Wetter lag es also nicht.

War Fräulein Ingrid verliebt? Herr Faustini suchte in ihrem Gesicht nach Spuren einer erfüllten Liebe, er konnte aber keine entdecken, denn erstens wusste er nicht, wie solche Spuren aussahen, und zweitens gab es in Fräulein Ingrids Gesicht keinerlei Spuren von irgendetwas zu sehen. Es sei denn, sie nahm einmal ihre Brille ab, was selten vorkam. Bei einer dieser seltenen Gelegenheiten hatte Herr Faustini den Abdruck der Brille auf Fräulein Ingrids Nase gesehen, doch das war alles, was er je an Spuren in ihrem Gesicht gefunden hatte.

Mochte Fräulein Ingrid verliebt sein oder nicht, woran hätte Herr Faustini das schon erkennen können? Sie hätte vielleicht eine neue Brille getragen, eine rote womöglich, anstelle der immer gleichen schwarzen, die ihrem Gesicht etwas Hartes verlieh. Herr Faustini überlegte bereits des Längeren, ob er Fräulein Ingrid zu einem anderen Modell raten dürfte, das ihre Gesichtszüge weicher gestalten würde als ihre kalte schwarze Bibliothekarsbrille. Doch er hütete sich davor, sie darauf anzusprechen, aus Furcht, für den Rest seines Lebens mit dem Anblick ihres ihm demonstrativ zugekehrten Rückens vorliebnehmen zu müssen. Das wollte er nicht riskieren, schließlich war die kleine Dorfbücherei einer seiner bewährten Unterschlüpfe, wenn er sich in seiner Weltgegend verloren fühlte. Fürs Verlorenfühlen gab es in dieser Weltgegend reichlich Gründe, kein Wunder bei den vielen Wetterfühligen, denen er hier begegnete.

Herr Faustini strich, noch immer erwärmt von Fräulein Ingrids freundlicher Begrüßung, durch die Gänge zwischen den Buchregalen. Er suchte nicht nach Katalog, vielmehr schlich er wie ein Spürhund durch die Bibliothek, nahm ein Buch aus dem Regal, schnupperte daran, las Titel und Name des Autors oder der Autorin, schlug es auf, las die ersten Sätze, und wenn er eine Art von Hauch spürte, irgendetwas, das man mit dem Aufblühen einer inneren Blume vergleichen könnte, nahm er das Buch und setzte sich damit an einen Lesetisch. So zumindest lief die Eroberung eines neuen Buchs bei Herrn Faustini in der Vorstellung ab, denn eigentlich war ihm dergleichen noch nie widerfahren, das mit der inneren Blume nämlich. Aber er stellte es sich vor, und schon wurde ihm angenehm warm in der Magengrube.

Da sah er einen Namen auf einem Buchrücken, den er vor noch nicht so langer Zeit in Zusammenhang mit einem deutschen Buchpreis gehört hatte. Er nahm das Buch aus dem Regal, schlug es auf und wollte sich nun gerne von dessen

Zauber verführen und seine innere Blume zum Blühen bringen lassen. Er las den ersten Satz. »Es ist hart, immer der Beste sein zu müssen. Mag sein. Für andere. Für. Mich. Nicht. Denn: Ich bin es einfach. Der Beste. Und. Zwar. Immer.«

Eigentlich war das nicht nur *ein* Satz. Wie viele Sätze waren das? Waren das überhaupt Sätze?

Heute würde es nichts werden mit dem Erblühen der inneren Blume. Nicht mit diesem Buch. Herr Faustini stellte es zurück an seinen Platz. Eigentlich hatte er *Jim Knopf und Lukas der Lokomotivführer* zurückgeben wollen, doch nun, nach dem unverdaulichen Satz des lobgepriesenen Buchs, beschloss er, das geliebte Kinderbuch noch einmal zu lesen.

Er verabschiedete sich mit seinem freundlichsten Lächeln von Fräulein Ingrid, die ihn ebenso freundlich entließ, obgleich noch immer schwere schwarze Wolken über der Dorfbibliothek dräuten.

Draußen vor der Tür lenkte er seinen Schritt aus Gewohnheit heimwärts, als er mit einem Mal das Ticken der Küchenuhr hörte. Nein, dieses Ticken wollte er jetzt nicht hören, so kehrte er um und wandte sich bahnhofwärts. Im Bahnhofscafé würde er *Jim Knopf und Lukas der Lokomotivführer* ein weiteres Mal lesen, ohne die Küchenuhr zu hören. Zwar würden ihn Leute vom Lesen abhalten, aber sie würden ihn ans Leben heranbringen. Wer weiß, ob er auf die Fragen eines, der nicht weiterwusste, vielleicht eine Antwort hätte. Er dachte an eine Art Stammplatz, von dem sich herumsprach, dass Herr Faustini dort anzutreffen war. Vielleicht würde eine stille Institution aus ihm werden, jemand, der Dinge wüsste oder zumindest irgendwie ins Lot bringen könnte. Na ja, so träumte Herr Faustini eben vor sich hin. Denn es gab und gibt graue Nachmittage, an denen in dieser Gegend der Welt – und nicht nur in dieser – das Leben nicht von der Stelle rückt, wo alle Uhren dahinzusiechen scheinen, wo das Tropfen eines schadhaften Wasserhahns das einzige Lebenszeichen weit und breit ist. An solchen Nachmittagen sollte niemand alleine sein.

»Das Land, in dem Lukas der Lokomotivführer lebte, hieß Lummerland und war nur sehr klein.« So begann Herr Faustini das geliebte Kinderbuch noch einmal von vorn zu lesen, und siehe da, die Blume in seinem Innern begann endlich zu blühen.

3

Am nächsten Morgen spürte Herr Faustini noch immer das Blühen der Blume in seinem Inneren. Seine Beine verlangten nach Bewegung, so verließ er das Haus und schlenderte die menschenleere Dorfstraße entlang. Mit einem Mal stand er, ohne dass er den Weg dorthin bemerkt hätte, vor der Kirche des Heiligen Martin. Er wollte schon daran vorbeigehen, als etwas in seinem Inneren sagte: »Geh in die Kirche, du wirst schon sehen!« Solche inneren Stimmen kannte Herr Faustini aus der Bibel, dort erschienen den Menschen Engel, als wäre es die selbstverständlichste Sache der Welt, und die Engel sagten Sätze wie diesen, und die Menschen taten, was die Engel ihnen sagten und wurden reich belohnt.

Kein Engel stand in gleißendem göttlichen Licht vor ihm, nur ein Hydrant, der einen neuen Anstrich vertragen konnte. Vorsichtig betrat Herr Faustini das Kirchenschiff, ein wenig verstohlen, denn lange – wie lange eigentlich? – war es her, dass er diese Kirche betreten hatte. Unfreundlich und wenig einladend war ihm Sankt Martin bisher erschienen, kein Vergleich mit der kleinen Kapelle oben am Hang, in die er sich manchmal zurückzog, wenn über dem Nebel im Tal in den Bergen oben die Sonne schien. Da in der kleinen Bergkapelle, die er seit seiner Kindheit aufsuchte, wenn er alleine sein wollte, gab es eine zärtliche Stille, eine Sanftmut; während aus dem Wald ringsum das Klopfen eines Spechts nachhallte, als käme es aus einer anderen Welt. Ja, er musste die Bergkapelle nur betreten, um in eine andere Welt zu gelangen, eine friedliche Welt, in der die Zeit stillstand. Herr Faustini nahm sich vor, so bald wie möglich wieder dorthin hinaufzuwandern.

Nun aber stand er in der stockenden Luft von Sankt Martin und begriff, weshalb er so lange nicht hierhergekommen war. Das viele Gold des verschnörkelten Barockaltars ließ ihn nichts empfinden, jedes Gefühl glitt an der kalten Oberfläche ab.

Er wandte sich schon zum Gehen, als sein Blick auf ein Gemälde fiel, das wie von innen zu leuchten schien. Es war eine Darstellung der Verkündigungsszene. Der Engel Gabriel, in grünem Umhang über purpurnem Gewand mit elegantem blauweißen Gefieder, verkündet, begleitet von der weißen Taube, Zeichen für den Auftrag des Heiligen Geistes, der entrückten und von einem goldenen Heiligenschein umgebenen Jungfrau Maria, dass sie das Kind Jesus gebären werde. Herr Faustini trat näher. Er hatte schon viele Verkündigungsbilder gesehen, doch dieses strahlte in so tiefen Farben, die Gesichter des Engels und der Jungfrau waren so lebendig, so von Leben durchhaucht – es war zweifellos das Werk eines großen Meisters. Herr Faustini konnte seinen Blick nicht von dem Gemälde lösen. Stille und Weite erfüllten ihn, als er plötzlich eine Stimme hörte.

Endlich sieht jemand dieses herrliche Gemälde, sagte die Stimme.

Nein, es war nicht der Engel der Verkündigung. Ein älterer Herr mit schlohweißem Haar stand neben ihm, als wäre er aus dem Nichts gekommen. Sehen Sie nur, wie kraftvoll und zugleich unendlich fein Cristofano Allori dieses Gemälde ausführte, auch wenn es nur eine Kopie des ursprünglich in Florenz um das Jahr 1360 gemalten Originals ist. Es heißt, dem Künstler wollte das Antlitz der Maria nicht gelingen. In seiner Verzweiflung schlief er ein. Als er aufwachte, sah er, dass ein Engel das Gemälde vollendet hatte. Und finden Sie nicht auch, dass etwas Göttliches aus diesem Bild spricht? Ich meine nicht allein die Erzählung von der Verkündigung Mariä. Es ist die vollendete Form, die aus jedem Detail spricht. Eine solche Kraft schien den Pinsel des Meisters zu führen. Wie kommt es nur, dass uns Heutigen diese Kraft so unvorstellbar wurde?

Der schlohweiße Mann sah Herrn Faustini für einen Augenblick in die Augen, ehe er fortfuhr: Ich bin sehr froh, dass dieses Bild endlich einen Betrachter gefunden hat. Denn wissen Sie, die Leute haben heutzutage über der Jagd nach den Schnäppchen im Baumarkt jeden Sinn für das Schöne und – darf ich es sagen? – das Heilige verloren. Ich wünsche Ihnen noch schöne Stunden vor diesem Bild, Herr Faustini! Leben Sie wohl!

Im nächsten Augenblick war der Unbekannte verschwunden.

Herr Faustini rieb sich, wie er das aus zweifelhaften Filmen kannte, die Augen. Sein Blick suchte jeden Ausgang der Kirche ab, der Fremde blieb verschwunden.

Herr Faustini hörte in seinem Kopf das Echo ungesagter Sätze. Es waren Sätze, die des Anlasses vielleicht unwürdig gewesen wären: Darf ich Sie fragen, woher Sie meinen Namen kennen, werter Herr? In welcher Beziehung stehen Sie zu diesem Gemälde, ich meine, kann es sein, dass Sie damals im Jahre 1360, als der Künstler nicht weiterkam und einschlief und beim Aufwachen das vollendete Gemälde vorfand, zugegen waren, als lebendiger Mensch, und heute wiederkommen als Erscheinung? Aber für einen Menschen aus dem Jahre 1360 hätte ich Sie nicht gehalten, im Gegenteil scheinen Sie mir ein Zeitgenosse zu sein, wie anders sollten Sie auch das Wort *Baumarkt* kennen, geschweige denn, was es bedeutet? Ich nehme an, im Florenz zu Zeiten des Savonarola gab es keine Baumärkte, und wenn doch, so hätte der Prediger sie wohl persönlich angezündet, so wie er damals fast alles außer Beten verboten hat. Aber das wissen Sie alles viel besser als ich, der ich hier und jetzt in Hörbranz am Bodensee wohne, wo ich Ihnen, werter Herr, soeben begegnen durfte, auch wenn es keine echte Begegnung gewesen sein mochte. Obgleich ich sagen muss, alles, Ihre Stimme, ja selbst Ihre Kleidung erschien mir so echt, als könnte kein Zweifel daran sein, dass Sie ein Zeitgenosse und vielleicht sogar Mitbewohner dieses zu Unrecht verkannten Dorfes sind, in welchem die Verkündigung Mariä fortwährend geschieht, ohne dass irgendjemand es zu bemerken scheint. Wäre ich hier und heute nicht, wie von unsichtbarer Hand geführt, vor dieses Bild getreten, das mir sogleich kein gewöhnliches maustrauriges Bild zu sein schien, so hätte ich weiterhin tagaus, tagein in unmittelbarer Nähe der Verkündigung Mariä gewohnt, ohne es zu wissen, und wäre also für den Rest meines Lebens unwissend geblieben.

Herr Faustini schloss seinen Mund. Er wunderte sich über sich selbst, denn für gewöhnlich führte er keine so langen Selbstgespräche, höchstens lobte er seinen Kater oder ermahnte sich selbst, das Auffüllen des Futternapfs nicht zu vergessen.

Hier und jetzt war allerdings etwas Unvorhersehbares geschehen, nämlich nicht nur die Entdeckung eines ungeheuren Meisterwerks aus alter Zeit in der unscheinbaren Kirche Sankt Martin im von der Welt vergessenen Hörbranz. Das Ungeheure an dieser Entdeckung war, dass im Augenblick, da Herr Faustini gewahr wurde, vor welch außergewöhnlichem Meisterwerk er sich unverhofft befand, ihm ein schlohweißer Herr gleich einem Engel der Verkündigung von einem Leben jenseits des Baumarkts erschien, in Zungen zu ihm sprach, und sogleich wieder verschwand, nicht ohne ihn, Herrn Faustini, bei seinem Namen zu nennen.

Herr Faustini verließ Sankt Martin im Zustand der Entrückung. Draußen auf der Straße verstand er nicht, wie, da er eben noch im Florenz des Jahres 1360 gewesen war, Leute in ihren Autos hin- und herfahren konnten, noch dazu mit ausdruckslosen Gesichtern, als wäre nichts geschehen. In der Welt der Bibel, aus der Herr Faustini gerade kam, würde sich die graue Wolkendecke teilen und ein nie gesehenes göttliches Licht durch ein Himmelsfenster auf die Erde strahlen, und dort, wohin es strahlte, würde sich ein Zeichen finden; wenn nicht ein brennender Dornbusch, dann wenigstens ein von innen leuchtendes Vogelhäuschen mit einer goldenen Taube darin. Doch nichts dergleichen, es war kein Himmelsfenster in Sicht, kein überirdisches Licht, statt der goldenen Taube allerhöchstens ein zerzauster Buchfink auf dem abgestorbenen Ast einer verdorrten Esche. Die Leute nahmen in ihren fahrenden Blechdosen die göttliche Erscheinung, die Herrn Faustini eben widerfahren war, einfach nicht zur Kenntnis.

Herr Faustini ging in Trance nach Hause, nahm *Jim Knopf und Lukas der Lokomotivführer* unter den Arm und machte sich auf zum Bahnhofscafé. Dort würden ihn wenigstens Leute beim Lesen stören, die ihn an jene Armen erinnerten, von denen im Neuen Testament die Rede ist.

4

Als Herr Faustini am nächsten Morgen zögernd und mit angehaltenem Atem die Tür zu Sankt Martin öffnete und das Kirchenschiff betrat, war sein Geist merkwürdig klar. Er erwartete keineswegs eine Wiederholung der Begegnung mit dem schlohweißen Herrn. Er wollte nur nachsehen, ob das Gemälde noch da war.

Jetzt, da ein wenig Sonnenlicht in das Kirchenschiff eindrang, war das Bild wie verwandelt. Der grüne Umhang des Engels der Verkündigung fiel in formschöne Falten, das Königsblau an der Oberseite seiner Flügel leuchtete wirklich königlich, das Gold der beiden Heiligenscheine, wie auch das Gold, das in Strahlen dem Mund der Taube entsprang, die entrückten, von einem Engel gemalten Gesichtszüge Marias, die hingebungsvoll die Verkündigung entgegennahm, das alles erstrahlte an diesem sonnigen Morgen in neuem Licht. Herr Faustini stand erfüllt und ergriffen vor diesem Meisterwerk der Anmut. So mochte eine Weile vergangen sein, als er sich umwandte und über die von Sonnenlicht beschienenen Mosaike dem Ausgang entgegenging. Aber konnte das sein? Jeweils vier Mosaike bildeten zusammen die vier Schenkel der Swastika, des Hakenkreuzes. Freilich wurden diese Mosaike Mitte des neunzehnten Jahrhunderts gelegt, nicht zu Zeiten, als in diesem Land von allen öffentlichen Gebäuden die Hakenkreuzfahne als Emblem der dunkelsten Epoche hing. Die Swastika galt schon in langer Vorzeit in Asien und anderen Weltgegenden als Sonnensymbol. So musste es gemeint sein. Herr Faustini ging so über die Mosaike, dass er mit keinem Schritt auf die Swastika trat. Denn nach dem, was in diesem Land unter dieser Fahne geschehen war, wollte er nicht damit in Berührung kommen.

Herr Faustini sah hinauf zu den Malereien auf den hohen Glasfenstern. Sie erinnerten ihn an die Schulgottesdienste in der Kirche Sankt Christoph, während derer er aus Langeweile über den mit eintönigem Sermon vorgetragenen Predigten des Pfarrers das intensive Rot, Blau, Gelb der Glasfenster betrachtet hatte.

Der Volksschuldirektor hatte jede Bewegung der Schüler mit Adleraugen verfolgt. Wenn Herr Faustini einen Augenblick mit einem Banknachbarn sprach, hagelte es anschließend in der Klasse eine Strafpredigt des Direktors einschließlich einer Wolke aus Mundgeruch. Dieser Direktor hatte Herrn Faustinis Klasse in Musik unterrichtet. Das Lieblingslied des Direktors schien »Der gute Kamerad« zu sein, denn die Klasse hatte es in jeder Musikstunde zu singen. Ganz besonderen Wert legte der Direktor darauf, dass Herr Faustini mit ganzer Kraft mitsang.

»Ich hatt' einen Kameraden
Einen bessern findst du nit
Die Trommel schlug zum Streite

Er ging an meiner Seite
Im gleichen Schritt und Tritt.«

Besonders schrecklich fand Herr Faustini die zweite Strophe, die er nur schaudernd und voller Angst mitsang:

»Eine Kugel kam geflogen
Gilt sie mir oder gilt sie dir?
Ihn hat sie weggerissen,
Er liegt zu meinen Füßen,
Als wär's ein Stück von mir.«

Bei der Zeile »Ihn hat sie wegge...rihihi...ssen...« schauderte es Herrn Faustini. Er war sechs Jahre alt, doch er verstand schon, was der Tod auf dem Schlachtfeld bedeutete. Er sah in den Augen des Schuldirektors die heroische Ergriffenheit angesichts des hinweggerissenen Helden an seiner Seite. Der Schuldirektor, das verstand Herr Faustini, lebte in diesem Augenblick in seiner eigenen heroischen Welt. Er hatte gewiss am letzten großen Krieg teilgenommen, mochte sein, dass er in diesem Augenblick wieder über das Schlachtfeld schritt. Jedenfalls trat der Direktor meist zu Beginn der zweiten Strophe des Heldenlieds an Herrn Faustini heran und neigte sein Ohr, unterstützt von seiner hohlen Hand, ganz nah an Herrn Faustinis Mund, um zu hören, ob der kleine Herr Faustini das Lied vom Heldentod auch ergriffen genug in die Klasse hinaussang. Dem Direktor war Herrn Faustinis Gesang nie ergriffen genug, er selbst sang mit überlauter Stimme in falscher

Intonation, wobei er im Takt mit den Armen die Marschbewegung mitmachte. So geschah es in jeder Musikstunde. Und so ging es in der Volksschule weiter. Herr Faustini schüttelte den Kopf, um das Bild vom heldenhaften Schuldirektor wieder loszuwerden, während er dem Ausgang entgegenbalancierte, ohne auf die Swastika zu treten.

5

Herr Faustini wollte gerne glauben, dass alles an seinem Ort war, jedes Ding den ihm gebührenden Platz einnahm, jeder Mensch genau der war, der er sein konnte, wenn er sein Wesen gemäß seinen Kräften zur Entfaltung brachte. Herr Faustini wollte gerne glauben, dass dies die beste aller möglichen Welten war. Aber er hatte den Verdacht, dass dem nicht ganz so war. Es fängt bei den Glatzen an, dachte er, als draußen vor der Kirche ein junger Mann mit Glatze vorbeiging.

Damals, als Herr Faustini jung war, hatten junge Männer noch Haare auf dem Kopf gehabt. Haare auf dem Kopf zu haben, war ein unwiderlegbares Anzeichen von Leben. So hatte Herr Faustini das damals empfunden, wenn er sich durch die eigene üppige Mähne strich. Wann hatte seine Hand zum ersten Mal das Haar eines anderen Menschen berührt? Es war, so erinnerte er sich jetzt, das Haar seiner Schwester gewesen. Seine Schwester war für ihn seine Familie, seine Wärme gewesen. Keine leuchtende Kinderseligkeit, kein zärtlicher Vater an seiner Seite. Es war seine Schwester gewesen, das spürte er in diesem hellen Augenblick.

Und er erinnerte sich an eine Fahrt in einem frühen Sommer, zum ersten Mal in die ihm noch ganz fremde Stadt Wien, zusammen mit seiner Schwester und ihrem damaligen Freund, wie hieß er noch gleich? Jedenfalls fuhren sie in einem klapprigen alten VW-Bus die lange Strecke vom Bodensee in die graue Stadt, und sie waren jung und neugierig, die Stadt war heiß und leer, es war Hochsommer und Herr Faustini schlief ein paar Nächte in dem alten VW-Bus vor dem Haus des Freundes seiner Schwester, und seine Schwester und ihr Freund übernachteten oben in der Wohnung seiner Eltern. Herrn Faustini gefiel es in dem Klapperbus, der sich schon frühmorgens in der Sonne aufheizte. Bei einem Ausflug an den Neusiedlersee zeigte der Freund seiner Schwester – Herr Faustini nannte ihn Klaus, an seinen richtigen Namen erinnerte er sich nicht mehr – Richtung Horizont und sagte: Kennt ihr Ungarn? Da is' echt leiwand! So anders, einfach … anders! Kummts mit?

Herr Faustini und seine Schwester hatten keine Ahnung, waren aber natürlich dabei, wenn es dort so anders, einfach anders war.

So kam es, dass Herr Faustini in jungen Jahren zum ersten Mal in ein kommunistisches Land reiste. Mir nichts, dir nichts standen sie mit dem alten VW-Bus in Hegyeshalom an der Grenze. Soldaten mit fahlen Gesichtern und hängenden Mundwinkeln musterten aus stählernen Augen den alten VW-Bus und machten Zeichen, den Motor abzustellen. Im Radio lief *Led Zeppelin*, das schaltete Klaus unter den Stahlblicken aus. Klaus, Herr Faustini und seine Schwester mussten aussteigen, zwei Soldaten mit um den Hals hängenden Maschinenpistolen schlichen langsam wie lauernde Raubtiere um den Bus und schielten aus den Augenwinkeln durch die Fenster.

Ein Dritter kam mit einem Schäferhund an der kurzen Leine, der Hund beschnüffelte den Bus von allen Seiten, dann winkte ein Soldat die drei Passagiere zurück in den Bus, streckte ihnen mit steifem Arm ihre gestempelten Pässe entgegen und winkte sie mit ausdruckslosem Gesicht hinein ins schöne Ungarn.

In den folgenden Tagen schliefen Herr Faustini, seine Schwester und Klaus in ihren Schlafsäcken im VW-Bus oder auf dem offenen Feld, aßen staubige Kekse aus ranzigen Lebensmittelläden, tranken giftgelbe Limonade, rauchten *Kossuth*-Zigaretten, die qualmten wie ein Kohlekraftwerk, und die stockschwarze Schokolade schmeckte nach Kuhfladen. Sonst gab es nichts außer leeren Dorfstraßen.

Herr Faustini erinnerte sich an frühere Ausflüge über die Schweizer Grenze, an endlose Regale voll mit Schweizer Schokolade in tausend Sorten, von denen er im guten alten Österreich nie etwas erfahren hätte, wäre er nicht mit seiner Schwester über die Grenze gefahren. Was für eine andere Welt, nur wenige Kilometer vom stillen, ewig unveränderlichen Hörbranz entfernt. Nun aber, in der Puszta irgendwo nördlich des Balaton, wo Herrn Faustini eine Ahnung von endloser Weite bis ans Ende dieser kommunistischen Welt umwehte, bis hinüber in den tiefen Osten über die Steppen, in die vor langer Zeit die Horden der mongolischen Reiter eingefallen waren, die sich endlos dehnten unter einer gnadenlosen kommunistischen Sonne, fanden die drei kreuz und quer durch die Puszta Irrenden nichts anderes gegen ihren Durst als die picksüße giftgelbe und giftrote Limonade aus volkseigener Produktion. Durststillend waren die Limonaden allein ihrer Klebrigkeit wegen, denn sie verklebten den Rachen so nachhaltig, dass jedes Bedürfnis nach Flüssigkeitszufuhr unterbunden wurde, und auch die *Kossuth*-Zigaretten waren nicht wirklich Zigaretten, mehr Schlote, an denen Herr Faustini, Klaus und seine Schwester sogen, als ginge es ums Leben. Eigentlich überlebten sie den Ausflug ins Herz der Puszta nur dank ihrer Jugend und Blödheit, die bekanntlich vor allem schützt.

Eines Nachts erwachte Herr Faustini von einem Lustschrei. Er war allein im VW-Bus. Seine Schwester lag draußen im freien Feld, im Schlafsack mit Klaus. Wie zur Strafe für solches Verhalten ratterten mit einem Mal mehrere ohrenbetäubende Salven von Maschinengewehrfeuer los, nicht weit entfernt im Stockdunkel der Pusztanacht. Klaus und Herrn Faustinis Schwester spurteten mit ihren Schlafsäcken zum VW-Bus zurück, sprangen hinein und Klaus raste los, kopfscheu und ziellos.

Das war das Ende von Herrn Faustinis erster Reise nach Ungarn. Noch Jahre später ergaben sich er und seine Schwester immer wieder gemeinsamen Lachsalven, wenn sie sich an diese Reise mit dem längst am Pusztahorizont verschwundenen Klaus erinnerten.

Was war aus all den guten, hellen Stunden geworden? Sie waren aus flüchtigem Stoff gemacht, einige von ihnen existierten noch als dieser Stoff aus Luft und Licht in ihm, den man Erinnerung nennt. Herr Faustini dachte an die Nähe zu seiner Schwester damals, an das schöne Lachen, das sie so oft miteinander teilten. Heute lebte sie weitab im Tessin mit herrlichem Blick auf den Lago Maggiore, in einer Welt der Reichen und Schönen mit Poolpartys an der Seite ihres als Schönheitschirurg höchst umtriebigen Mannes, der ihr ein Leben im goldenen Käfig bot.

Es war einige Jahre her, seit Herr Faustini seine Schwester in ihrer Villa am See besucht hatte. Damals war Herr Faustini nur mit Mühe ihren Verkupplungsversuchen mit Luna, ihrer verwitweten Freundin und Hobbymalerin, entkommen. Ein Besuch in Lunas Atelier, das Herr Faustini nichtsahnend betreten hatte, endete mit seiner Verführung. Luna hatte mit großer Geste von ihrer Ekstase beim Malen ihres *Lohengrin* erzählt, war mit funkelnden Augen und einem bedrohlichen Zucken um die Lippen über ihn gekommen, hatte den Überrumpelten aufs Bett niedergehaucht. Am Ende hatte sie ihn beschworen, am nächsten Tag in ihre Schaffenshöhle wiederzukehren, und mehr noch, ein Leben an ihrer Seite hatte sie ihm angetragen, ein Leben mit ihr zwischen den Opernhäusern dieser Welt und Partys an den exklusivsten Orten des Jetset.

Herr Faustini hatte daraufhin zur Enttäuschung seiner Schwester das Tessin buchstäblich über alle Berge verlassen und war in die kleine Welt seines Dorfs am Bodensee zurückgekehrt, wo ihn die Melancholie der Sommerneige erwartete. Fremd fühlte er sich in seiner eigenen kleinen Welt, obgleich er doch nur wenige Tage weggeblieben war, und doch war es eine große Reise ins Innere gewesen. Es hielt ihn dann auch wegen all der Ruhelosigkeit, die ihn nach seiner Rückkehr erfasste, nicht lange auf seiner Heimatscholle.

Eine große Ausfahrt an der Seite des schwarzen Prinzen, jenes geheimnisvollen afrikanischen Gentleman im Zweireiher und mit Spazierstock, den Herr Faustini, als dieser in seinem schäbigen Quartier fast in Trübsal versunken wäre, aufgeschreckt und zur großen gemeinsamen Ausfahrt ans ferne Meer ermuntert hatte, hatte Herrn Faustini weit fortgeführt aus seiner kleinen Welt, so weit fort, dass er jetzt, nach der Rückkehr aus der Erinnerung an seine so lange zurückliegende Reise an der Seite seiner Schwester nach Ungarn, ganz benommen vor Sankt Martin stand, während der junge Glatzkopf sich in Luft aufgelöst hatte.

6

Als Herr Faustini in der Bahnhofshalle stand, spürte er beim Rattern der Rollkoffer, die die Reisenden hinter sich herzogen, wie die Zeit seiner Kindheit in dieser Halle eingeschlossen war.

Hier in dieser Halle sah er noch die türkischen Gastarbeiter – ja, so nannte man sie damals – murmelnd beisammenstehen, nicht weit davon hatten sich die heimischen Säufer eingerichtet, die einen solchen Gestank verbreiteten, dass sich der kleine Herr Faustini fern von ihnen hielt. Er betrachtete ihre rotgesoffenen Gesichter, hörte ihre lallenden Schimpftiraden und drüben am Kiosk, wo die schöne kalte Frau mit den roten Haaren regierte, kaufte er, wenn er ein paar Groschen dabeihatte, *Manner Stollwerck* und eine *Schwedenbombe.* Die Rothaarige betrog ihn meist um eine Münze, doch er war zu verängstigt, um etwas zu sagen. Außerdem schrien und fluchten die Säufer an der Theke so laut, dass ohnehin niemand einen kleinen verschreckten Jungen gehört hätte.

Es gab damals am kleinen Bahnhof einen ganz besonderen Menschen. Er trug stets einen ausgebeulten Anzug, im Mund einen *Krummen Hund* und auf seinem spitzen Kopf einen alten Hut. Es hieß, er warte auf seinen im Krieg verschollenen Sohn. Er ging stets auf dem Bahnsteig hin und her und sah mit starrem Blick ins Leere. Er zog einen Fuß nach, und er fixierte den kleinen Herrn Faustini auf so unheimliche Weise, dass dieser rasch seine *Manner Stollwerck* ergriff und über die Gleise und durch ein großes Loch im Maschendrahtzaun davonflitzte. Es war eine eigene Mutprobe, über die Gleise zu flitzen. Wenn Herrn Faustinis Schwester ein Eis vom Bahnhofskiosk wollte, sagte sie: Wetten, du schaffst es nicht in fünf Minuten zum Kiosk und mit einem Eis zurück? Wenn du es schaffst, bekommst du einen ganzen Schilling. Und Herr Faustini flitzte los.

Herr Faustini hörte das Rattern der Rollkoffer um ihn jetzt nicht mehr, er war wieder der kleine Herr Faustini, der mit einer Handvoll *Manner Stollwerck* in der Hand auf der Bank neben Opa Himmel haltmachte. Er saß so gern neben dem alten Mann, der es gut sein ließ und sich einfach nur freute, dass Herr Faustini bei ihm saß. Er bot Opa Himmel ein *Stollwerck* an, aber Opa Himmel lachte nur und blies den Rauch von seinem *Krummen Hund* aus. Heaschas frey, fragte Opa Himmel, und ja, neben ihm auf seinem Bänkle hatte der kleine Herr Faustini es gut. Gehüllt in den Qualm des *Krummen Hunds* verstand er schon damals, dass dies ein besonderer Augenblick war, an der Seite des uralten Opa Himmel, den alle so nannten, weil er eigentlich längst in den Himmel gehörte. Opa Himmel lächelte über seinen Namen, Gott heatt mi vergässa, sagte er nuschelnd und paffte an seinem *Krummen Hund*, I blib no a kläle.

Nicht lange darauf war Opa Himmels Bänkle verschwunden und er selbst im Himmel.

Herr Faustini stand in Gedanken noch in der Wolke des

Krummen Hunds. Wie lange genau, wen kümmert's, jedenfalls war es in der Bahnhofshalle jetzt ganz still, die Rollkoffer waren verschwunden.

Er ging hinüber zum Bahnhofscafé, um *Jim Knopf und Lukas der Lokomotivführer* weiterzulesen. Dort schlug er das Buch auf und wollte mit Emma, der Lokomotive, weiter die Insel Lummerland umkreisen, als er einen nicht mehr ganz jungen Glatzkopf in der Ecke sah, auf dessen Schulter ein Eichhörnchen saß. Herr Faustini schaute zur Wirtin hinüber, die in einer Gratiszeitung blätterte und hin und wieder ein Hmmm vor sich hin brummte. Das Eichhörnchen auf der Schulter des Glatzkopfs schien sie nicht zu stören.

Herr Faustini drehte noch eine Runde mit Emma, der Lokomotive, doch er musste immer wieder den Blick heben, um zu sehen, was das Eichhörnchen machte. Der Glatzkopf fütterte es mit einer Nuss, so knabberte es friedlich auf seiner Schulter. Als von der Nuss nichts mehr übrig war, umkreiste es in schwindelerregender Geschwindigkeit den Hals des Glatzkopfs. Der trank in aller Ruhe sein Bier.

Herr Faustini hatte Probleme, sich auf Emma, die Lokomotive, in Lummerland zu konzentrieren. Er nippte an seinem Hagebuttentee, las eine Zeile, sah hinüber zum kreisenden Eichhörnchen, las dieselbe Zeile noch einmal, nippte wieder an seinem Hagebuttentee, sah wieder hinüber zum Eichhörnchen, das jetzt wieder an einer Nuss knabberte, wobei es seine Vorderpfoten so schön zum Mund führte.

Herr Faustini überlegte, welches die richtigen Worte waren,

die er an das Eichhörnchen und seinen Herrn, den Glatzkopf, richten konnte.

Doch der kam ihm zuvor: Ein schönes Buch, das du da liest, sagte der Glatzkopf.

Herr Faustini zeigte ihm den Buchtitel.

Ich habe dieses Buch geliebt, sagte der nicht mehr ganz junge Mann, wobei sein Eichhörnchen im Kauen der Nuss innehielt. Ich habe mich damals gefragt, was *Jim Knopf* bei seiner Reise im Paket wohl durch den Kopf gegangen sein mag. Weil Lukas der Lokomotivführer hat ihn doch per Post zugeschickt bekommen, stimmt's?

Herr Faustini war entzückt, endlich einen Leser dieses wunderbaren Buchs vor sich zu haben. Es hatte sich also gelohnt, *Jim Knopf und Lukas der Lokomotivführer* zum wiederholten Mal nicht zu Hause, sondern im Bahnhofscafé zu lesen.

Das habe ich mich auch gefragt, sagte Herr Faustini, ob es nicht schrecklich beängstigend in dem Paket gewesen sein muss. Und als *Jim Knopf* vierzehn wird und der dicke König zu Lukas sagt, es sei kein Platz für einen weiteren Bewohner auf Lummerland, er müsse sich deshalb von der Lokomotive Emma trennen, das ist traurig, das finde ich jedes Mal beim Lesen.

Ja, sagte der Glatzkopf, wobei das Eichhörnchen wieder mit dem Kauen innehielt, das stimmt, so ging es mir auch jedes Mal.

Sie haben das Buch auch mehrmals gelesen?, fragte Herr Faustini.

Mindestens fünfmal, antwortete der Glatzkopf, und *Jim Knopf und die wilde 13* dazu.

Erstaunlich, wunderte sich Herr Faustini, die Wahrscheinlichkeit, hier in diesem Café jemanden zu treffen, der dieses Buch auch und sogar mehrmals gelesen hatte, war ziemlich gering.

Darf ich mich vorstellen: Mein Name ist Faustini.

Martin, antwortete der Eichhörnchenmann, setz dich doch zu uns.

Herr Faustini fand es reizend, dass der Glatzkopf von sich und dem Eichhörnchen als uns sprach, wie bei einem richtigen Paar, und setzte sich zu den beiden.

Darf ich vorstellen: Luther, sagte der Glatzkopf und zeigte auf das Eichhörnchen.

Sehr erfreut, Luther, sagte Herr Faustini.

Luther, das Eichhörnchen, sah ihn mit seinen tiefbraun glänzenden Augen an. Dann begann es wieder zu kauen.

Du gefällst mir, sagte Martin, mit deinem *Jim Knopf* unterm Arm.

Sie gefallen mir auch, sagte Herr Faustini, mit Ihrem Luther auf der Schulter.

7

Herr Faustini las nach mehreren Hagebuttentees auf Martins Aufforderung aus *Jim Knopf und Lukas der Lokomotivführer* vor. Sogar die Wirtin des Bahnhofscafés hörte aufmerksam zu. Und auch noch drei andere Gäste, wobei einer davon laut schnarchte. Als Herr Faustini den letzten Satz vorlas, klatschte die Wirtin – sie hieß übrigens Gerti, das erfuhr Herr Faustini nebenbei, als Martin nach ihr rief, um noch ein Bier zu bestellen – und rief Bravo! und fügte hinzu: Du liest herrlich vor! Möchtest du das nicht öfters machen? Dafür geht der Tee aufs Haus. Gerti setzte sich neben Herrn Faustini und murmelte leise: Ich hätte so gerne einen Papa gehabt, der mir diese Geschichte vorliest.

Hat er nie etwas vorgelesen?, fragte Martin.

Ich habe keinen Papa gehabt, murmelte Gerti. Mama auch nicht.

Das tut mir sehr leid, sagte Herr Faustini leise.

Bist du ein SOS-Kinderdorf-Kind?, fragte Martin.

Du auch?, fragte Gerti.

Nein, aber ich wäre lieber dort aufgewachsen als bei meinem Vater, antwortete Martin.

Herr Faustini und Gerti schwiegen erschüttert.

Schließlich machte Herr Faustini etwas wie Hmmm.

Kein Grund, Trübsal zu blasen, sagte Martin. Das Gute an

der Zeit ist, dass sie vergeht. So auch die schlimmen Sachen.

Gerti, Martin und Herr Faustini stießen auf die Zeit an, die vergeht.

Gerti brachte Martin noch ein Bier.

Manchmal ist es auch nicht gut, dass die Zeit vergeht, sagte Martin und starrte in sein Bierglas.

Herr Faustini ließ ihm Zeit.

Weil mein Vater hielt mich früh schon nicht aus, er sagte, ich sei nicht normal, man müsse da etwas tun. Und er hatte auch eine Idee. Ein schlauer Psychiater meinte, am besten sei es, man schicke mich nach Wien in die Psychiatrie. Die würden aus mir einen gesunden Menschen machen.

Herr Faustini war sprachlos, also nippte er an seinem Hagebuttentee.

So kam es auch, fuhr Martin fort, meine Mutter brachte mich mit dem Zug nach Wien. Wie einen Regenschirm gab sie mich in der Psychiatrie ab und fuhr wieder heim. Vater kam natürlich nicht mit. Er regelte das per Telefon.

Herr Faustini hätte Martin gerne bei der Hand genommen, aber dafür kannte er ihn nicht gut genug. Also nippte er wieder am Hagebuttentee.

Man brachte mich in ein uraltes Krankenzimmer mit sechs Betten. Dunkel war es in der Bude, düstere Flure, ein Arzt, der wie ein Wiesel ganz nah an der Wand entlangschlich. Pfleger, die einen grob am Arm packten und in einem Rollstuhl in eine andere Abteilung fuhren.

Wie alt waren Sie, als Sie dorthin kamen?, fragte Herr Faustini.

Vierzehn war ich, ein Landei, keine Ahnung von irgendwas. Aber in diesem schlimmen Krankenhaus blieb einem nichts anderes übrig, als schnell erwachsen zu werden. Sonst gehst du unter.

Aber dann, erzählte Martin, dann kam doch noch die Sonne in mein Leben. Ihr Name war Evelyn, ich traf sie auf dem Flur. Eigentlich durfte sie gar nicht in diese Abteilung, aber sie war neugierig. Und sie war lebendig. Sie war das Leben selbst. Und so zärtlich.

In Martins Augen stand jetzt ein ganz eigener Glanz.

Wir trafen uns heimlich, jede Minute war kostbar. Sie war das Leben. Ohne Evelyn hätte ich es nicht geschafft.

Was ist aus ihr geworden?, fragte Herr Faustini, und bereute seine Neugierde schon. Der Glanz in Martins Augen verdunkelte sich.

Nach zwei Monaten wurde ich wieder nach Hause geschickt. Was sollten sie auch mit mir anfangen. Ich war nicht verrückt, aber ohne Evelyn wäre ich ein Irrer geworden. Sie stopften mich voll mit irgendwelchen giftigen Tabletten. Ich spülte sie in die Toilette, wenn es ging. Oft zwangen sie mich, das Zeug zu schlucken. Später, auf der Toilette, würgte ich es wieder heraus.

Martin nahm einen großen Schluck aus seinem Glas.

Sie haben mitbekommen, dass Evelyn und ich uns heimlich sehen. Dann war Schluss. Sie haben sie in ihrem Trakt eingesperrt, ich konnte nicht mehr zu ihr. Bei der Entlassung fragte ich nach ihr, sie sagten mir nichts, auch nicht ihren Nachnamen.

Meine Mutter stand irgendwann vor mir und fuhr mit mir mit dem Zug wieder heim. Mein Vater tat so, als sei jetzt wieder alles in Ordnung. Ich galt als geheilt – wovon eigentlich?

Auf jeden Fall habe ich den Alten ab dann nur noch ignoriert. Er schrie, er tobte, er schlug mich. Für mich war der Ofen aus. Ich ging aus dem Haus und kam nicht wieder. Zuerst zur Paketumleitung. Dann Briefträger. Und hier bin ich. Freut mich, dich kennenzulernen, Fausti!

Ich freue mich auch, sagte Herr Faustini. Danke, dass du mir deine Geschichte erzählt hast. Es tut mir sehr leid, dass du so viel Leid hast erleben müssen.

Das Gute an der Zeit ist …, begann Martin.

… Dass sie vergeht, stimmte Herr Faustini mit ein.

Prost!, rief Martin, trink doch einmal etwas Ordentliches!

Gerti!, rief Martin, ein Bier für Fausti!

Bitte ein Glas Weißwein, korrigierte Herr Faustini.

Kommt sofort, antwortete Gerti.

Luther, das Eichhörnchen, hatte, während Martin seine Geschichte erzählte, still verharrt und nur dann und wann mit seinem Schweif gezuckt. Jetzt, da wieder Bewegung in die Runde kam, kreiste Luther wieder um Martins Hals.

Ist gut, Luther, ich weiß, du möchtest hinaus. Du warst sehr geduldig, danke. Martin kraulte Luther am Hals.

Was meinst du, sagte Martin zu Herrn Faustini gewandt, wir könnten draußen am See eine Runde gehen. Luther zuliebe.

Gerne, antwortete Herr Faustini, nippte an seinem Weinglas und war froh, dass er das saure Zeug nicht austrinken musste.

Martin wandte sich dem Ausgang zu, als vertraute er darauf, dass Gerti aufschrieb. Herr Faustini bezahlte ihrer beider Zeche.

Gerti drückte mit beiden Händen Herrn Faustinis Hand. Es war echt eine Freude, dich hierzuhaben, Fausti, und danke fürs Vorlesen! Und denk dran: Bitte lies jederzeit wieder vor, der Wein geht dann aufs Haus!

8

Am See wehte eine feuchte Brise. Luther lugte aus Martins Jackentasche, zuckte und zog seinen Kopf wieder ein. Martin und Herr Faustini gingen den Uferweg nahe des Klosters Mehrerau entlang. Herrn Faustini wurde dort meist mulmig in der Magengrube. Er dachte nicht gerne an seine Zeit an der Internatsschule zurück, und er sprach auch nicht gern darüber.

Auch Herr Faustini war einmal ein trauriges Kind gewesen, das zu Hause nicht viel zu lachen hatte. Er sah in der Erinnerung die scharfen Zähne seines Vaters bedrohlich gegeneinanderscharren, bei weit aufgerissenem Mund, aus dem Befehle, Anordnungen und Tadel zu hören waren. Ein rauer Ton herrschte in diesem traurigen Haus, in dem Herr Faustini seine Mutter oft weinen sah. Hilflos klammerte er sich an sie, und sie weinten gemeinsam.

Aus dem traurigen Haus wurde er im Alter von zehn Jahren in das Klosterinternat verbannt.

Willkommen geheißen wurden die Zöglinge von einem Uhu, der sich Pater Ulreich nannte. Bei den Zöglingen hieß er seiner Augenbrauen und seiner gelben Nachtaugen wegen vom ersten Tag an nur *der Uhu*. Der Uhu zeigte den Zöglingen die Zimmer, wo jeweils zwei von ihnen hausen würden. Jeder Zögling hatte seinen Spind, um seine Habseligkeiten einzuschließen.

Der Uhu meinte mit süßlicher Stimme und hellgelbem Blick, sie würden sich hier bestimmt bald so wohl fühlen, dass sie gar nicht mehr wegwollten. Herr Faustini saß auf seiner Pritsche und fühlte nichts. Er wusste, er musste tapfer sein, durfte nicht seine Mama anrufen und sie bitten, ihn aus diesem Gefängnis abzuholen. Er wusste, er musste jetzt ein Großer sein, musste allein zurechtkommen. Wie hatte seine Mutter es nur zulassen können, dass er hier in dieser uralten Klosterschule sein musste.

Fremd und unheimlich waren die langen dunklen Gänge, fremd die Gerüche, fremd jeder Schritt. Herr Faustini stellte sich auf die Zehenspitzen, versuchte aus den hohen vergitterten Fenstern zu schauen, doch er sah nur den kalten grauen Himmel.

Die erste Unterrichtsstunde fand bei Pater Jonny statt. Pater Jonny stand in Mönchstracht hinter dem Katheder und musterte jeden einzelnen Schüler mit dem Blick eines Habichts. Er las die Namensliste vor, jeder Schüler hatte aufzuzeigen und Hier! zu rufen. Als die Reihe an Herrn Faustini kam und er Hier! rief, musterte Pater Jonny ihn eindringlich und sagte: Was für ein seltsamer Name, wohl italienische Vorfahren, Tschinggeler? Sei's drum, von jetzt an heißt du bei mir Ringelpiez. Aus den Reihen der Mitschüler ein Kichern, das unter Pater Jonnys Blick augenblicklich verstummte. Und weiter ging es in der Liste.

Als Pater Jonny beim Namen Strasser angelangt war, fügte er verächtlich hinzu: Aha, Kinderdorf-Kind aus Dornbirn.

Alle Köpfe drehten sich nach dem kleinen Peter um. Damit war sein Schicksal besiegelt: Der Schwächste war gefunden. Jemand, um den sich keiner kümmern, der niemandem fehlen würde. Jemand, den man fertigmachen konnte.

Und so war es auch. Ein paar Wochen später kannten schon alle das Ritual. Pater Jonny ließ die Jalousien herunter, im Klassenzimmer wurde es stockdunkel. Er zündete eine Kerze an, die seine Gesichtszüge unheimlich verdeutlichte. Dann spielte er die Melodie aus *Spiel mir das Lied vom Tod* ab.

Herr Faustini und seine Mitschüler saßen starr in ihren Bänken, keiner rührte sich. Als das Lied zu Ende war, begannen die mündlichen Prüfungen. Herr Faustini ging schlotternd nach vorne ans Katheder. Er hatte sich vorbereitet, Pater Jonny war mit Ringelpiez halbwegs zufrieden. Dann kam Peter nach vorne.

Ah, wen haben wir denn da, sagte Pater Jonny mit einem genüsslichen Grinsen. Unser Kinderdorf-Kind!

Pater Jonny prüfte Peter hart, niemand hätte seine Fragen beantworten können.

Soso, das Kinderdorf-Kind weiß es nicht! Es weiß gar nichts! Es ist zu blöd, zu stur, zu dämlich für diese Schule!

Pater Jonnys Stimme überschlug sich, er nahm den langen Rohrstock und schlug auf Peter ein. Peter wand sich, schrie auf; Pater Jonny schlug nur noch fester zu. Er schlug so lange, bis der Rohrstock auf Peters Rücken zerbrach. Da winselte Peter wie ein geschundenes Tier. Die Pausenglocke klingelte, Pater Jonny rauschte zur Tür hinaus. Herr Faustini eilte zu Peter und half ihm auf.

Peter würde das Schuljahr an dieser Anstalt nicht beenden.

Herr Faustini ballte am Uferweg in Martins Begleitung die Faust über der Erinnerung an das, was Pater Jonny getan hatte. Er würde ihn hier und jetzt gerne stellen, aber wer wusste schon, wo er war, ob er noch lebte. Er hatte vor langer Zeit gehört, Pater Jonny sei später, als Herr Faustini längst nicht mehr an dieser Anstalt war, mit einem Schüler in der Badewanne erwischt worden. Man habe ihn dann, wie das in diesem Land üblich war, in ein Kloster im Waldviertel abberufen, weitab vom Schuss. Eine Strafe, geschweige denn ein Gerichtsverfahren hatte er nie bekommen.

Herr Faustini erwachte wie aus einem dunklen Traum. Neben ihm ging Martin, und Luther blinzelte aus seiner Manteltasche. Das Gute an der Zeit war, dass sie verging, dachte Herr Faustini.

Alles in Ordnung?, fragte Martin. Du kamst mir gerade weit weg vor.

Das war ich auch, sagte Herr Faustini. Bei ein paar dunklen Erinnerungen an diesen Ort.

Ja, die Pfaffen sind nicht ohne, sagte Martin und lachte. Nach und nach kommen da Sachen an die Oberfläche …

Der Gottlose flieht, fügte er hinzu, auch wenn niemand ihn jagt. Originalton König Salomo.

Dieser Satz gab Herrn Faustini zu denken. War er etwa auf der Flucht? Und war er gottlos? Das waren unbeantwortbare Fragen. Besser war es, in die dunkel glänzenden Augen Luthers, des Eichhörnchens, zu schauen. Da ging eine andere Welt auf.

Herr Faustini staunte über den Eichhörnchenfreund Martin. So wie er in seiner ausgebleichten Weste daherwatschelte, wer hätte ihm einen hellen Verstand zugetraut? Herr Faustini freute sich auf weitere schöne Überraschungen, die Martin ihm bereiten würde.

Man muss sein Selbstbewusstsein unterirdisch entwickeln, dachte Herr Faustini, verborgen vor allen Blicken. Nur so kann man sicher sein vor der Welt.

Martin hatte es verstanden, sich vor der Welt in Sicherheit zu bringen, so viel begriff Herr Faustini. Sonst hätte er nicht überlebt. Er war wohl, wie auch Herr Faustini, ein Meister beim Entwickeln einer eigenen Welt. Und das bedeutete, er war ein Meister in der Kunst des Überlebens. Entwickle dich im Geheimen, verbirg, was du dir erkämpft hast. So wirst du eines Tages in deiner Stärke leuchten. So dachte Herr Faustini vor sich hin, und er schmunzelte dabei, denn offensichtlich hatte der Spruch des Königs Salomo in ihm seine Wirkung getan.

Weißt du was, sagte Martin, während Luther, der aus der Manteltasche geklettert war, nun wieder um seinen Hals wieselte. Ich habe so ein Gefühl, sagte er, als wärst du derjenige, mit dem ich mir vorstellen kann, auf die Suche nach Evelyn zu gehen. Einfach so nach Wien zu fahren, in der alten Psychiatrie anzuklopfen und nach ihr zu fragen. Die müssen doch noch Akten von ihr haben? Was meinst du dazu?

Herr Faustini war sprachlos. Martin hatte gerade eine Deklaration seines absoluten Vertrauens in Herrn Faustini abgegeben, oder hatte er sich verhört? Sich Martins Erklärung nur eingebildet, wegen der allzu großen Nähe zu seinem ehemaligen Internatsgefängnis?

Ich bin … sprachlos, lieber Martin, was soll ich sagen, sagte Herr Faustini bei sich selbst, vielleicht bewegte er auch die Lippen dabei, aber es kam kein Ton heraus. Ich danke dir für dein Vertrauen! Du möchtest mit mir nach Wien fahren, nach deiner Evelyn suchen? Auf, auf! Wir brechen auf ins ferne Wien, das ich selbst seit vielen Jahren nicht gesehen habe, denn auch ich habe eine Geschichte dort, wenn auch keine bedeutende, und schon gar keine erschütternde wie du, lieber Martin. Es tut mir furchtbar leid, dass dir so viel Leid angetan wurde, dort und wohl auch hier, du tapfere Seele! Was hast du alles mitgemacht! Aber sieh dich an, wie herrlich du jetzt dastehst mit deinem Luther am Hals. Du bist ein Überlebenskünstler, ein Künstler des geheimen Lebens inmitten der grauesten Ödnis. Auf, auf! Ja, ich komme mit dir nach Wien! Tönet hell, ihr Fanfaren! Martin, Luther und ich brechen auf in die Kaiserstadt!

Das alles sprach Herr Faustini im Stillen vor sich hin. Als er den Mund öffnete, sagte er: Martin, wenn du mich brauchst bei deiner Spurensuche, bin ich dabei. Ich helfe dir, so gut ich kann. Wann fahren wir los?

Du würdest wirklich mitkommen mit mir nach Wien?

Ja, sagte Herr Faustini, wenn es dir hilft, komme ich gerne mit.

Und im Stillen fügte er hinzu: Vielleicht helfe ich damit auch mir selbst, wer weiß.

9

Ein paar Tage später war es so weit. Herr Faustini hatte Frau Gigele, seiner Nachbarin mit der mehrstöckigen Etagenfrisur, bei der sein Kater sich ohnehin wie zu Hause fühlte, diesen mitsamt einigen Portionen Futter anvertraut, hatte den Kater zum Abschied noch ausgiebig gekrault, sein Haus versperrt, Frau Gigele zugewinkt und war in den Bus nach Bregenz gestiegen.

Martin stand schon in seiner ausgebleichten Weste und mit einem kleinen Rucksack am Bahnsteig. Herr Faustini dagegen zog seine Reisetasche auf Rollen hinter sich her. Er war drei rastlose Tage lang vor seinem Kleiderschrank hin- und hergeschlichen, hatte Hosen, Unterwäsche, Hemden und Socken immer wieder auf ihren Zustand geprüft. Schließlich würde das keine Fahrt nach Hinterbrunzenstrunz werden, sondern in die alte Kaiserstadt, wo allerlei Fußvolk unterwegs war, möglicherweise auch vornehme Herrschaften, denen Herr Faustini unmöglich in ausgebeulten Hosen und schlecht gebügelten Hemden gegenübertreten konnte.

In den letzten drei Tagen war Herr Faustini als Mitbewohner kaum auszuhalten gewesen, weshalb der Kater es auch vorgezogen hattc, das Weite zu suchen. Herr Faustini fand ihn bei Frau Gigele, die sein Fell bürstete, als habe er eine Audienz beim Kaiser zu bestreiten.

Herr Faustini konnte getrost abreisen, der Kater war in guten Händen, und um die Blumenstöcke würde sich Frau Gigele ebenfalls kümmern, sie hatte ja den Hausschlüssel.

Für Herrn Faustini, der sich beinahe täglich in Miniaturreisen quer durch das kleine Land am Bodensee übte, würde es eine außerordentliche Reise werden, allein schon, weil er in Gesellschaft war. Er war es gewohnt, im Zugfenster nach Einbruch der Dunkelheit nichts als sein eigenes Spiegelbild zu sehen. Diesmal würde es anders werden.

Herr Faustini hatte vorsorglich zwei Fensterplätze reserviert. Dorthin setzte er sich nun mit Martin, wobei er ihm den Platz in Fahrtrichtung überließ. Sollte die Landschaft vor dem Fenster ihm nicht entgegenkommen, sondern von ihm fliehen, sei's drum, er als alter Zughase konnte sie auch als Fliehende genießen.

Wo ist Luther, fragte Herr Faustini, hatte er keine Lust, mitzufahren?

Luther ist bei jedem Quatsch dabei, antwortete Martin, aber was soll er in Wien machen?

Ich habe gehört, die Eichhörnchen in Schönbrunn sind sehr zutraulich, fressen sogar aus der Hand, meinte Herr Faustini.

Das ist nichts für Luther, sagte Martin, er ist Einzelgänger.

Aha, meinte Herr Faustini und dachte: Dann passt er zu uns.

Martin hatte Luther also bei Freunden gelassen. Würden die mit einem Eichhörnchen, das dauernd um ihren Hals kreiste, klarkommen? Herr Faustini behielt diese Frage für sich.

Martin war als Reisender wie ein Kind.

Oh!, staunte er, und wieder Oh!

Herr Faustini sah aus dem Fenster, konnte aber außer einem rosaroten Auto auf einem Parkplatz nichts Besonderes entdecken.

Als der Zug sich langsam die Kurven der Arlbergstrecke hinaufschlängelte, drückte Martin seine Nase ans Fenster.

Herr Faustini entsann sich noch gut der Zeiten, als man das Zugfenster öffnen und den Kopf in den Fahrtwind halten konnte. Wenn man Pech hatte, spürte man feine Tröpfchen auf seinem Gesicht. Das kam von den Toiletten, wo die Ausscheidungen durch eine Luke auf den Gleiskörper fielen. Bei schneller Fahrt stiegen die Tröpfchen hoch und weit bis ans Zugende.

Als der Zug in Langen am Arlberg hielt, rief Martin wieder ein Oh! Hier gibt es Hirter Bier, sagte er, das ist immer eine Reise wert.

Herr Faustini staunte über Martin. So war er also nicht der Einzige, der wegen des Hirter Biers hier heraufgefahren war. Schon rollte der Zug weiter in den schwarzen Schlund des Arlbergtunnels.

Im Tunnel kam von Martin kein Oh! und kein Ah!, aber auf der Tiroler Seite ging es wieder los. Er staunte einfach über alles, er schien eine solche Freude am Zugfahren zu haben.

Kommt es dir auch so vor, sagte Martin, als würde die Welt draußen vor dem Fenster vor uns fliehen?

10

Mit Martin war die Fahrt für Herrn Faustini kurzweilig. Er hätte die Ohs! und Ahs! mitzählen sollen. Er hatte gar nicht gewusst, wie viel Erstaunliches es jenseits des Zugfensters gab. Martin lehrte es ihn.

Irgendwann fragte Martin aufgeregt, ob sie schon an Übersee vorbei wären.

Übersee?, fragte Herr Faustini.

Aber ja, antwortete Martin, das berühmte Übersee in Bayern, der Zug fahre da durch, außer sie hätten, seit sie die sogenannte Rosenheimer Schleife abkürzten, die Strecke auch um die Fahrt durch Übersee verkürzt. Das wäre wirklich schade, meinte Martin.

Ja, das fand Herr Faustini auch. Übersee sollte man keinesfalls auslassen.

Irgendwann, sie hatten Salzburg und auch Linz passiert, fuhr der Zug durch ein Meer aus Gras. Von Martin kam wieder ein Oh!, und wirklich fand auch Herr Faustini diesen Abschnitt der Strecke am schönsten. Bei Ybbs begleitete der Zug einige Minuten lang die Donau, das Stift Melk schimmerte imposant am anderen Ufer.

Je näher sie Wien kamen, desto unruhiger wurde Martin.

Weder Herr Faustini noch Martin kannten den neuen Hauptbahnhof, sie erwarteten beide wie selbstverständlich, am Westbahnhof auszusteigen.

So stiefelten sie orientierungslos kreuz und quer durch riesige Hallen, folgten einmal einem Schild, das aussah, als bedeute es Ausgang, dann wieder einem, das so ähnlich aussah, aber nirgendwohin führte. Martin sagte noch zweimal Oh!, dann verstummte er. Herr Faustini beschloss, sollten sie aus diesem Labyrinth von Bahnhof je herausfinden, würden sie sich einem Taxifahrer anvertrauen, der sie zu der nicht allzu teuren, hoffentlich auch nicht allzu schäbigen Pension bringen sollte, in der Herr Faustini zwei Einzelzimmer reserviert hatte.

Nach mehreren vergeblichen Versuchen, den Ausgang zu finden – beim letzten Versuch waren sie mit einem Mal vor der Herrentoilette gestanden –, gingen sie ganz einfach der erstbesten müden chinesischen Reisegruppe hinterher, die von einer streng aussehenden kleinen Dame mit hoch erhobenem geschlossenen Regenschirm gelotst wurde. Die Dame schien so zielstrebig und sich ihres Erfolgs gewiss, mit ihr konnten sie nicht fehlgehen.

Tatsächlich standen Herr Faustini und Martin wenig später draußen vor dem Hauptbahnhof.

Das Taxi setzte sie vor einem dunklen Haus ab. Herr Faustini fand nach längerem Suchen unter den Namen der Hausbewohner die »Pension Schneckerl«. Er klingelte, irgendwann hörte er ein Schnappgeräusch und die Tür war offen.

Die Pension Schneckerl war eine ausrangierte Wohnung. Eine ältere Dame, die sich als Frau Uschi vorstellte, führte Herrn Faustini und Martin im Morgenmantel zu ihren Zimmern. Aus dem Zimmer von Frau Uschi flimmerte der Fernseher. Ein Pudel saß aufmerksam davor und lauschte konzentriert einem Werbeblock.

Die beiden Zimmer waren düstere Schlafschläuche mit einer schwachen Funzel an der Decke. Darin jeweils ein Einzelbett, ein kleiner Tisch, dazu ein Stuhl auf einem ausgetretenen Spannteppich.

Auf dem Gang die Gemeinschaftsdusche und das Gemeinschaftsklo. Herr Faustini schmunzelte.

11

Am nächsten Morgen wollte Martin keinen Bissen essen, es drängte ihn nach draußen. Herr Faustini hatte nichts dagegen, die Nacht in der Rumpelkammer lag ihm im Kreuz.

Auf der Straße atmeten er und Martin auf. Martin ging drauflos, als wüsste er den Weg. Herr Faustini folgte ihm. Am Ende der Straße stand Martin ratlos da.

Herr Faustini fragte ihn vorsichtig, wohin er ginge.

Zur Psychiatrie natürlich, sagte Martin trocken, wohin auch sonst.

Aha, dachte Herr Faustini, stimmt, wohin auch sonst. Er zückte einen alten Stadtplan aus der Jackentasche und orientierte sich.

Wir sind also hier, sagte er, suchte mit dem Finger und fand die Herminengasse unweit des Karmelitermarkts. Dann fuhr er mit dem Finger über den Donaukanal quer durch die Innenstadt und hinüber zum Campus des Alten AKH.

Da möchtest du hin?, fragte er Martin.

Zur alten Psychiatrie, sagte Martin, keine Ahnung, wo das auf der Karte ist.

Es ist ein gutes Stück, meinte Herr Faustini, so können wir gleich ein wenig die Stadt erkunden.

Ich will nur zur Psychiatrie, sagte Martin.

Herr Faustini ging los. Martin folgte ihm.

Sie überquerten den Donaukanal, gingen in Richtung Stephansdom.

Für Herrn Faustini war jeder Schritt durch die Stadt besonders, denn er ging auf den Spuren von damals, als er in Klaus' VW-Bus genächtigt hatte. Morgens war er mit den Stimmen von Passanten aufgewacht, die auf dem Gehsteig vorbeigingen. Heiß war es im Bus gewesen, daran erinnerte sich Herr Faustini noch. Und dass er an der Tür von Klaus' Eltern läutete, er erinnerte sich an den Summton, und an die Dusche oben in der Wohnung. Er erinnerte sich an das schöne Lächeln von Klaus' Mutter, einer eleganten Wiener Dame; ganz so, wie er sich vorgestellt hatte, dass eine echte Wiener Dame aussah. Sie hatte Fantasien in ihm, dem Jugendlichen, geweckt. Wie sie ihn damals ansah, daran erinnerte er sich noch, als wär's gestern gewesen. Wie viele Jahre waren seitdem vergangen? Ihm wurde schwindlig bei dem Gedanken, besonders weil unter der Brücke, die er mit Martin überquerte, die braune Brühe des Donaukanals floss.

Von den Fantasien des Jünglings, der im VW-Bus schlief, musste sich etwas auf den Dackel des Hauses übertragen haben, jedenfalls verschaffte der Dackel sich jedes Mal, wenn Herr Faustini die Wohnung von Klaus' schöner Mutter betrat, Genuss mithilfe seiner Lustdecke, mit der er ausdauernd kopulierte. Klaus' Mutter schien sich daran gewöhnt zu haben, doch Herr Faustini erinnerte sich an ein Blitzen in ihren Augen, als er sie ansah; an ein Feuer, das dem Leben zu gelten schien, der Lust am Leben, denn ihm, dem Jugendlichen, konnte das Feuer doch nicht gelten. Da, so erinnerte sich

Herr Faustini, war eine Kaskade von Bildern der Schönheit und der Lust in ihm aufgestiegen, Bilder vom Hunger nach all den wunderbaren Dingen des Lebens, die noch kommen mochten. Auch auf der Fahrt in die ungarische Puszta einige Tage später begleitete Herrn Faustini das Blitzen in den Augen von Klaus' Mutter, bis es sich nach und nach in den Weiten der Ebene verlor.

Martins Glatze stürmte zielgerichtet im Landschritt voraus, dabei, dessen war sich Herr Faustini sicher, hatten er und seine Glatze keinen blassen Schimmer, wohin. Herr Faustini zockelte hinterdrein, geflutet vom Blitzen der Augen von Klaus' Mutter. Ob sie noch lebte? Das Blitzen ihrer Augen jedenfalls würde leben, solange Herr Faustini atmete.

Vor dem Stephansdom legte Martin den Kopf in den Nacken, erst steil, dann steiler, dann am steilsten, nickte anerkennend und zog einen Entenmund, was wohl bedeuten sollte, dass die Erbauer des Doms ordentliche Arbeit geleistet hatten.

Herr Faustini hätte gerne das Innere des Doms nach so vielen Jahren wiedergesehen, doch Martin zog weiter, bog zur Kärntner Straße ab. Herr Faustini lenkte ihn um in Richtung Michaelerplatz, an dem Martin blicklos vorbeieilte, dann weiter durch den Volksgarten, den Ring entlang und hinauf in die Alser Straße. Es hatte keinen Sinn, ihn bremsen zu wollen, Herr Faustini würde diese Stationen ein andermal alleine begehen.

An der Kreuzung Alser Straße/Spitalgasse warf Herr Faustini einen Blick in den Stadtplan. Er schickte Martin rechts in die Spitalgasse, denn da war der Eingang zum alten AKH. Martin stürmte in den Innenhof und sah sich wie ein gehetztes Tier um. Herr Faustini hatte graue, bedrohliche Gebäude erwartet, doch sie schienen frisch renoviert. Junge Menschen gingen einzeln und in kleinen fröhlichen Gruppen hin und her, offensichtlich Studenten.

Martin betrat das erstbeste Gebäude. *Uniport Karriereservice*, stand auf einem Schild. Martin und Herr Faustini verließen das Gebäude wieder und gingen kreuz und quer über den Campus. Fachbereichsbibliothek Ostasienwissenschaften. Institut für Afrikawissenschaften. Abteilung für Finno-Ugristik. Martin stürmte weiter zum nächsten Hof, Herr Faustini hinterher. Fachbereichsbibliothek Osteuropäische Geschichte und Slawistik. Mit hängendem Kopf ließ sich Martin auf eine Bank in Hof 6 fallen.

Nein, nein, nein, sagte er und schüttelte bei jedem Nein den Kopf. Da ist nichts mehr übrig, sagte er, alles weg.

Vorsichtig meinte Herr Faustini, ob das nicht gut so sei, dass nichts mehr von den schlimmen alten Gängen und Zimmern übrig sei.

Martin hob den Kopf. Nichts mehr übrig, wiederholte er, verstehst du, einfach alles weg!

Herr Faustini legte Martin eine Hand auf die Schulter. Du bist frei, sagte er, die schlimme Zeit damals ist vorbei!

Schlimme Zeit, fragte Martin, welche schlimme Zeit? Das war die Zeit mit Evelyn, verstehst du?

Er stand auf und ging wie in Trance quer über den Hof. Am anderen Ende stand ein riesiges rundes Monster von Turm. Das musste der berühmte Narrenturm sein, den Joseph II. hatte erbauen lassen.

Martin steuerte ihn an. Auf einem Schild neben dem Eingang stand: Pathologisch-Anatomische Sammlung.

Martin ging hinein, Herr Faustini folgte ihm. In kreisrunden Gängen waren Vitrinen angeordnet. In den Vitrinen warteten menschliche Körperteile in Formaldehyd für alle Ewigkeit auf ihre Erlösung von den furchtbaren Krankheiten, die sie befallen hatten. Durch Aussatz schrecklich entstellte Physiognomien, von rätselhaften Verwachsungen verbogene Gliedmaßen, hypertrophierte Herzen, von Elefantiasis aufgequollene Beinstümpfe, von Milzbrand versehrte amputierte Hände, Föten mit Wasserkopf.

Herrn Faustini war, als erfasse ihn ein Schrecken von jenseits der Zeitschranke. Diese Ausstellungsstücke kamen wie schwarze Boten aus einer anderen Zeit, das spürte Herr Faustini, sie waren nichts für Gemüter, die sich nur gerade so im Gleichgewicht des Lebens zu halten vermochten.

Martin stand reglos und mit aufgerissenen Augen vor dem Exemplar eines hypertrophen Beinstumpfs, als Herr Faustini ihn bei der Schulter berührte und sanft zum Ausgang lenkte.

Zurück im Freien, schüttelte Herr Faustini ausgiebig den Kopf, um die schlimmen Bilder aus dem Inneren des Narrenturms zu verscheuchen.

Martin sank auf eine Bank und starrte vor sich hin. Irgendwann sagte er: Alles weg, nichts mehr da!

Herr Faustini schleppte Martin von diesem unheimlichen Turm weg über den Hof, durch einen weiteren und noch einen weiteren Hof, bis er eine Leuchtschrift sah: *Solo Pizza e Birra.* Eine Pizzeria war nach dem Tauchgang durch die trüben Wasser der schrecklichsten Krankheiten der Geschichte gewiss kein schlechter Ort. Herr Faustini zog Martin an einen Tisch, setzte ihn auf einen Stuhl und bestellte zwei Bier und zwei Pizze.

Du isst doch eine Pizza, Martin?, fragte er.

Martin war noch nicht an diesem Tisch auf diesem Stuhl angekommen. Seine Seele wanderte noch durch dunkle Korridore irgendwo draußen im Meer der unergründlichen Zeit.

Alles gut, Martin, sagte Herr Faustini vor sich hin, um sich selbst zu beruhigen. Wir essen und trinken etwas, danach sieht die Welt wieder anders aus.

Woher hatte Herr Faustini den Ausdruck von der Welt, die bald wieder anders aussehe? Als er den Satz aussprach, öffnete sich eine Falltür in seinem Innern, seine Mutter legte ihre Hand auf seine und sagte: Alles gut, gleich sieht die Welt wieder anders aus!

Herr Faustini stieg durch die innere Falltür und fand sich in einem ihm unbekannten Raum. Er lag in einem Bett, seine Schwester saß neben ihm und sah ihn besorgt an. Er fragte wieder und wieder: Mit welchem Fahrrad bin ich gefahren?

Mit deinem, antwortete seine Schwester. Aber das ist jetzt nicht wichtig. Hauptsache, du wirst wieder gesund!

Was habe ich denn, fragte Herr Faustini sich selbst, und mit welchem Fahrrad bin ich gefahren? Da raste er um eine Kurve und staunte, denn da kam ein Auto und es kam sehr schnell auf ihn zu. Wo kommt dieses Auto her?, fragte er sich, doch da war eine Hauswand, es war nicht gut, wenn eine Hauswand auf einen zukam. Wie konnte das sein, was war geschehen? Es blieb keine Zeit, da war die Hauswand, dann ein scharfer Schmerz und Dunkelheit.

Jetzt seine Schwester an seinem Bett, und er stellte immer wieder dieselbe Frage: Mit welchem Fahrrad bin ich gefahren? Es war das Einzige, was Herrn Faustini in diesem Augenblick interessierte. So musste das über Tage gegangen sein, er erinnerte sich an den genervten Gesichtsausdruck seiner Schwester. Warum willst du das wissen?, fragte sie. Es war *dein* Fahrrad, aber das ist jetzt nicht wichtig!

Es *ist* wichtig, dachte Herr Faustini, es war also mein Fahrrad?

Eine Woche später tauchte Herr Faustini aus der schlimmen Gehirnerschütterung nach seinem Fahrradunfall wieder auf. Seine Schwester lächelte ihn an und sagte, er sei ihr ganz schön auf die Nerven gegangen mit der immergleichen Frage nach dem Fahrrad.

Gleich sieht die Welt wieder anders aus: Das war der Einstieg in den vergessenen Raum von damals gewesen. War es nicht ungeheuer, auf welch wackligem Boden der Mensch vor sich hin ging, zufrieden damit, wenn er in seiner Ordnung feststeckte, die er für das Maß aller Dinge hielt? Ein kleiner Schlag auf den Kopf genügte, und nichts, gar nichts mehr war übrig von der Welt, die eben noch im Gleichgewicht gewesen war. Was war also wahr: das Gleichgewicht oder das Delirium?

Die Pizze kamen und dufteten herrlich nach Leben. Herr Faustini war eigentlich kein großer Pizzaesser, aber diese Pizza bedeutete für Martin und ihn den Wiedereintritt in die Erdatmosphäre.

12

Herr Faustini und Martin waren an diesem Abend früh in ihre Mönchszellen in der Pension Schneckerl zurückgekehrt. Martin hatte sich willenlos dorthin führen lassen, hatte stumm die Tür seiner Zelle geöffnet und war ohne Verabschiedung verschwunden.

Zwar hatten die Pizza und das Bier die beiden wieder unter die Lebenden gebracht, so ganz allerdings auch nicht. Es war nicht nur der Fall hinter die Zeitschranke angesichts der schrecklichen Ausstellungspräparate gewesen. Martin war Herrn Faustini am Campus des alten AKH angesichts des Abgrunds der Jahre so verloren erschienen, dass er ihm Angst gemacht hatte.

Als Herr Faustini am nächsten Morgen Frau Uschi begrüßte, sagte sie, der Herr Martin sei schon sehr früh gegangen, wobei sie die Worte »sehr früh« so aussprach, als wäre damit eine Übertretung der Hausordnung verbunden.

Martin würde Zeit für sich brauchen, dachte Herr Faustini, er würde wohl auf der Suche nach Evelyn durch die Stadt streifen.

Auch Herr Faustini verließ bald darauf die Pension Schneckerl, die kein Ort war, an dem man mehr Zeit als nötig zubrachte.

Sein Schritt führte ihn wie von selbst wieder über den Donaukanal in die Innere Stadt. Er ließ sich durch enge Gassen treiben, blieb vor Schaufenstern stehen, die ihm wie aus der Zeit gefallen schienen. Für Dinge, die aus der Zeit gefallen waren, war in Hörbranz kein Raum. Erinnerungslos erschien ihm das Dorf, glatt gestrichen vom Wind des Vergessens, während hier im Schimmer so mancher düsteren Seitengasse die Pflanze der Vergangenheit sich noch blühend behauptete. So fiel ihm auf, wie viele Antiquitätengeschäfte sich in dieser Stadt fanden. Das schöne Alte wurde aufpoliert und aufgemotzt zu horrenden Preisen angeboten. Es gab hier genügend Raum für übrig gebliebene Welten aus einer anderen Zeit, und ein Publikum, das bereit war, dafür sehr viel Geld auszugeben, während die Leute in seinem Heimatdorf stolz darauf waren, wenn sie alle paar Jahre ihre tadellose Küche durch eine noch protzigere ersetzen konnten. Dafür waren sie bereit, hart zu arbeiten.

Doch was Herr Faustini in den düsteren kleinen Seitengassen ahnte, das war mehr als ein einer Toten entrissenes Grammofon. Es war der Atem der vergessenen, von denen, die hier einst gelebt, gefühlt, gehofft und geatmet hatten, nicht aufgebrauchten Zeit, deren nicht ganz ausgelöschte Gegenwart Herr Faustini spürte. Mit einem Mal hatten seine Schuhe das dreifache Gewicht. Herr Faustini sank auf eine Bank nieder und dachte an nichts. Doch gibt es Schwereres, als an nichts zu denken? Erst die ewige Ruhe würde das Tor zum Nicht-Denken weit öffnen. So weit war Herr Faustini noch nicht.

Er ging jetzt in Gedanken auf den Spuren von damals, als Klaus' Mutter ihm diesen Blick zugeworfen hatte, der in ihm aufgegangen war wie eine erotische Blüte. Wieder und wieder vervielfältigte sie sich in ihm, in immer neuen Farben und Formen, eine schöner als die andere, sanft und zart wärmte sie sein Inneres. Wann war er zuletzt vom Leben so sanft, so wärmend berührt worden, vom zärtlichen Schnurren seines Katers einmal abgesehen? Herr Faustini wusste natürlich, dass er hier auf den Straßen dieser Stadt den verheißungsvollen Blick von damals nicht wiederfinden würde, aber ihm war, als ginge er mit jedem seiner Schritte im Umkreis dieses Blicks, und das war viel, sehr viel.

Seine Schritte führten ihn in die Stallburggasse. Er sah eine altmodische Tür, ein altes Schild sagte: Café Restaurant Bräunerhof. Das klang schön, als würde man in diesem Hof von selbst bräunen. Herr Faustini öffnete die Tür und stand in einem alten Café mit vielen winzigen Tischen, wobei an den meisten ein einzelner Mensch saß mit einer an Holzträgern befestigten Zeitung vor der Nase, wie es Herr Faustini aus alten Spionagefilmen kannte, nur dass in diesen Filmen in jeder Zeitung ein kleines Loch war, durch das der Spion seiner Arbeit nachging. Ein Kellner im schwarzen Anzug und weißen Hemd mit Fliege und zwei Tabletts in den Händen raunte im Vorbeigehen: Nehman S' Plotz, do hintn is ana frei.

Herr Faustini spähte in die Tiefe des Raums. Seltsam, wie düster es hier drin war. Es waren wohl die bräunlich-gelben uralten Tapeten, die das ganze Licht wegschluckten. Jetzt verstand Herr Faustini auch, woher der Name des Cafés kam.

Die Tapeten sagten es. Es wurde wenig gesprochen in diesem Café, in dem sich die Gäste vor allem von der Zeitungslektüre zu ernähren schienen. Dabei war eine solche Lektüre in diesen Zeiten meist schwer verdaulich. Der Zeitungsleser musste beim Lesen mit Verdauungskomplikationen rechnen – konnte es sein, dass die Menschen in diesem Café gerade das suchten? Hatten sie nicht Ärger genug mit ihrem eigenen Leben, brauchten sie zusätzlich noch den Ärger aus der Zeitung?

Es gefiel Herrn Faustini, dass die Gäste dieses Cafés noch dem altmodischen Papier anhingen, und nicht wie überall sonst nur auf ihre Bildschirme starrten.

Hinten, unweit der Theke, an der der Kellner seine Tabletts mit Melange, heißer Schokolade, Toast, Würstel und Achtel Rot oder Weiß holte, war ein kleiner Tisch frei. Herr Faustini setzte sich auf die Bank mit dem Rücken zur Wand und war einfach nur da. Er hatte kein Bedürfnis, sich eine Zeitung vor die Nase zu halten. Er wollte einfach nur sitzen und dabei sein. Hin und wieder verschwand ein Gast in Richtung Toilette an der Rückwand des Raums und erschien erst wieder, als man ihn schon vergessen hatte..

Der Kellner regierte diesen Raum mit lässiger Hand. Er war der unanfechtbare Meister dieses Orts, er allein entschied, wie lange seine Schäfchen auf ihre Ration warten mussten. Manche schienen seine Aufmerksamkeit abonniert zu haben, andere, wie etwa Herr Faustini auf einem billigeren Platz, mussten lange ausharren, ehe sich der Hirte dieser Herde ihnen widmete.

Wos derf's denn sei? Einspänner, Melange, Glas Wein vom

Feinsten, Möhlspeis, Sacher, Opfelstrudl, Schwarzwälder Kirsch, wos homma no, Linzer Schnitte, Würschtel, Toast. Ois dabei. Mit Gurkerl, wonn S' wolln?

Bitte einen Hagebuttentee, sagte Herr Faustini in seinem freundlichsten Ton.

Hagebuttentee, bitte sehr, sagte der Kellner, und er sagte es so, dass man spürte, er war froh, dass er es nicht oft am Tag sagen musste. Wos dazu?

Im Augenblick nicht, danke, antwortete Herr Faustini.

Der Kellner rief hinüber zur Theke: Hagebuttentee!

Jetzt tauchten hinter den Zeitungen mehrere Köpfe auf, die sich umsahen und nach dem Urheber der Bestellung Ausschau hielten. Wahrscheinlich bestellte höchstens einmal im Jahr ein Eindringling einen Hagebuttentee, und jetzt war es wieder so weit. Ein Herr, dessen Kopf gerade hinter seiner Zeitung hervorlugte, hatte Herrn Faustini als den neuen Hagebuttentee entdeckt, nickte ihm anerkennend zu, als sei die Bestellung des Hagebuttentees ein rares Ereignis in diesen Hallen, das gewürdigt werden musste. Herr Faustini nickte lächelnd zurück, doch der Herr war schon wieder hinter seiner Zeitung verschwunden. Ein paar Tische weiter saßen ein junge Leute bei ihrem Bier und plauderten und lachten angeregt. Herr Faustini war es zufrieden, als stiller Beobachter dabei zu sein. Er war mit viel Glück im alten Wien gelandet, denn so viel sah er, dass dieses Café mit der Tapete aus dem letzten Jahrhundert kein eigens für Touristen aufgestellter Ort war. Hier schienen echte Einheimische zu sitzen, wenngleich sich bei näherer Prüfung wahrscheinlich herausstellen würde, dass die Mehrheit der Gäste nicht in dieser Stadt geboren, aber doch zu einem Teil von ihr geworden war. Herr Faustini trank jedenfalls stolz seinen Hagebuttentee. Er befand sich im Herzen der alten Stadt, er genoss es, auch wenn ringsum nur Zeitungen zu sitzen schienen.

Es war ein guter Ort, um ungestört seinen inneren Bildern nachzugehen. Noch kreisten in ihm die Präparate mit den schrecklichen Krankheiten aus dem Narrenturm, vor dessen Betreten er sich vornahm jeden Ahnungslosen, der ihm begegnen mochte, zu warnen. Die Gruppe der fröhlich plaudernden und trinkenden jungen Männer war für ihn wie ein Gegengift gegen die Bilder aus dem Narrenturm. Er begriff, wie nah das Dunkle und Zerstörerische nicht nur hier, sondern überall war, aber nur einen Schritt weiter wartete für den, der sehen konnte, das Helle, das dem Leben Zugewandte, wie hier inmitten der Zeitungsleser, die genüsslich an den schwarzen Nachrichten aus aller Welt kauten, die fröhlichen jungen Leute ein paar Tische weiter. Hoch leben die Fröhlichen!, dachte Herr Faustini, die Großherzigen und Großzügigen und die, die immer wieder aufstehen, der Dunkelheit ringsum zum Trotz. Weg mit den schrecklichen Präparaten, eingelegt in Formaldehyd für die Ewigkeit! Wer befreite die einsamen Köpfe, Hände, Beine, die entstellten Glieder im Narrenturm aus ihrem Ewigkeitsschlaf? Kamen die Körper der Verstorbenen denn zur Ruhe, so unvollständig, wie sie im Grab waren? Jedes Naturvolk würde aufbegehren, wenn man ihren Toten einzelne Glieder oder gar das Herz, so wie bei den verwesten Kaisern in der Kapuzinergruft, entnehmen und an einem anderen Ort der Ewigkeit übergeben würde. Herr Faustini erinnerte sich, dass in Israel spezielle Einsatzkräfte die Körperteile der Opfer der Attentate bis auf den letzten Fingernagel, die letzte Zehe einsammelten, um so den Übergang dieser Unschuldigen in die Ewigkeit zu garantieren. Denn die Seele fand keine Ruhe, so der Gedanke, wenn auch nur der geringste Körperteil des Verstorbenen bei der Verabschiedung in die andere Welt fehlte.

Schnell sah Herr Faustini hinüber zu den fröhlichen Jungen, die das Leben feierten, jetzt und mit Hingabe. Sie verstanden, wie wertvoll dieser Augenblick war, da sie in der Blüte ihrer Kraft in diesem alten Café, das so viele Generationen kommen und gehen gesehen hatte, zusammensaßen.

Herr Faustini hatte schon früh um den Wert der gelebten Augenblicke gewusst. So tauchte er in einen dunklen Sommer seiner Kindheit ab, als er nicht nur um die Augenblicke, sondern um sein ganzes Leben gerungen hatte. Er hatte mit seinen Spielkameraden einen herrlichen Tag auf dem Bödele verbracht. Er hielt sich ein wenig abseits der anderen in einer großen Wiese auf, ein paar Schritte entfernt von einem Kiesweg, auf dem nur Anrainer fahren durften, die einen Schlüssel für das Tor hatten, das die Ferienkolonie von der Hauptstraße schied.

Ein Wagen mit offenem Kofferraum voller Farbkübel und Malersachen näherte sich auf dem Kiesweg. Im Auto saßen fünf Handwerker, der Fahrer fragte eines der Kinder nach dem Weg zu einem bestimmten Haus. Herr Faustini spielte in der Wiese, als er plötzlich die weißen Rückleuchten des Wagens auf sich zurasen sah. Er versuchte nach hinten zu entkommen, doch da war der Wagen bereits über ihm. Ein namenloser Schmerz durchfuhr seinen ganzen Körper, als der Wagen über seinen rechten Oberschenkel fuhr. Herr Faustini hörte den Todesschrei eines wilden Tiers. Der Wagen fuhr noch einmal nach vorn und wieder zurück über das Bein. Der Todesschrei, der kam aus Herrn Faustinis Kinderkehle. Irgendwann stand der Wagen still, die Männer hoben ihn ein Stück an, jemand zog Herrn Faustini unter dem Wagen heraus.

Ein Arzt wurde gerufen, Herr Faustini bekam eine Spritze in den zerquetschten Oberschenkel. Alles war Schmerz, übermenschlicher Schmerz an diesem Tag. Die Fahrt im Rettungswagen die holprige, kurvige Bergstraße hinab war ein einziger Schrei. Dann im Krankenhaus das grelle Licht des Operationssaals, dann die Dunkelheit. Er erwachte in einem Bett, das Bein auf eine Art Metallstütze gelegt. Unterhalb des Knies ging ein Nagel durch das Bein, daran ein Seil, das über eine Rolle am Fußende des Bettes ging, wo Gewichte hingen. Zunächst aber war da nur Schmerz, schon bei der allerkleinsten Bewegung. Er wachte immer wieder schreiend auf, die Bettdecke war voller Blut von der großen Brandwunde am Knie des anderen Beins, mit dem er versucht hatte, das schwer beladene Auto von sich wegzudrücken. Die große eiternde Brandwunde war nicht verbunden, die Bettdecke klebte an ihr, und wenn Herr Faustini sich im Schlaf bewegte, riss die Wunde wieder auf.

Es war der schlimmste Sommer seines jungen Kinderlebens. Er blieb den ganzen Sommer mit dem Nagel durchs Bein im sogenannten Streckverband. Seine Mutter saß fast jeden Tag an seinem Bett, brachte ihm Grillhuhn und andere Köstlichkeiten, denn das Krankenhausessen war für den an Mamas Küche Gewöhnten nur schwer genießbar. Mama, dachte Herr Faustini und klammerte sich an seinen Hagebuttentee, ich danke dir für alles, liebe Mama!

Jetzt hielt es Herr Faustini nicht mehr aus zu sitzen, er musste den Schmerz von damals aus sich herausgehen. Er trank seinen Hagebuttentee aus, gab dem Kellner ein gutes Trinkgeld und brach auf, gerade als auch die fröhlichen Jungen, die seinen Aufenthalt im Café Bräunerhof ohne es zu wissen erhellt hatten, sich aufmachten.

Herr Faustini fasste den Entschluss, von nun an in dieser Stadt nach unwiderlegbaren Anzeichen von Leben zu suchen, nicht nach halbem, nicht nach elendem Leben, sondern nach dem Leben ganz und gar. Der Gedanke stärkte ihm augenblicklich den Rücken, federnden Schrittes verließ er, vom einen oder anderen hinter seiner Zeitung verbunkerten Kopf beäugt, das Café Bräunerhof.

Ganz aufrecht, ganz da mit allen Sinnen schlenderte Herr Faustini auf der Suche nach unwiderlegbaren Anzeichen von Leben über den Michaelerplatz. Der Uringeruch der Fiakerpferde, die dort auf Touristen warteten, die gerne im Schritttempo auf der Suche nach der guten alten Zeit durch die Innenstadt zockelten, stach ihn in der Nase. Auch dies war unwiderlegbar der Geruch nach Leben, wenn ihn auch die armen Pferde dauerten, die tagaus, tagein den harten Asphalt entlangstiefeln mussten, Scheuklappen über ihren Augen.

Herr Faustini ging raschen Schrittes zwischen Bundeskanzleramt und Hofburg hindurch, um nicht allzu viele Blicke hinüber auf den Heldenplatz zu werfen, den er nicht überqueren konnte, ohne an die schreckliche Stunde zu denken, die der sogenannte Führer diesem Land im März 1938 beim sogenannten Anschluss beschert hatte. So viel Dunkelheit war damals über dieses Land, über ganz Europa, ja über die ganze Welt gekommen, was bedeutete da schon sein eigener Schmerz von damals, als er unter dem Auto geschrien hatte. Nur weiter jetzt, weg von diesem und dem großen Schmerz, der Dunkelheit, die seit damals, als der Besessene das Land ins Unglück führte, als schwarze Wolke über dem ganzen Kontinent hing.

Eine Gruppe junger Leute strömte in den Volksgarten. Herr Faustini atmete auf. Er erinnerte sich an seine eigene Studentenzeit. Wie gerne hatte er hier in diesem Garten innegehalten, wenn er nach Stunden des Studierens in der Nationalbibliothek Ruhe für seinen Geist suchte. Menschen schlenderten wie eh und je die Wege im Rosengarten entlang, blieben stehen, manche lasen den Namen der Rosenart, der dort vermerkt war zusammen mit den Stiftern, die die Bepflanzung durch ihre Spende gefördert hatten. Junge Leute saßen plaudernd im Gras, auf den Stufen des Theseus-Tempels. Dort saß sogar eine echte Leserin mit einem aufgeschlagenen Buch. Herr Faustini drehte seinen Kopf in Schräglage, um einen Blick auf den Buchtitel zu erhaschen, doch gerade als er in der Drehung seinen Kopf immer tiefer brachte, begegnete er dem kritischen Blick einer älteren Dame, die in ihm vielleicht einen Strolch mit zweifelhaften Absichten sehen mochte. Herr Faustini gab also seinen Spähversuch auf und richtete sich in die Vertikale, wobei ein leichter Schwindel ihm bedeutete, dass er nicht mehr ganz so jung war, wie er glaubte, wenn er darauf vergaß, in den Spiegel zu schauen.

Zum Glück gab es hier im Park allerlei Ablenkung, so etwa das ansteckende quietschvergnügte Lachen eines Dreijährigen, der seiner Mutter ausbüxte und in verwegenem Tempo in Richtung Entenbrunnen trippelte. Seine Mama ließ ihr Mobiltelefon sinken und preschte hinter ihrem Kleinen her, der allen einsam Sitzenden und Gehenden ringsum mit seinem lauten Juhu!, Jihi!, Iaaaaaa! und Glucksglucksglucks! ein Lächeln auf die Lippen zauberte. Lebensfreude, Lebenslust pur, voilà, hier und jetzt, Herr Faustini! So sagte dieser laut vor sich hin, während er dem kleinen Racker und seiner sportlichen Mama verzückt hinterhersah. Ach, es war eine Freude! Warum eigentlich jemals wieder etwas anderes tun, als diesem kleinen Kerl und seiner lieben Mama beim Ausüben ihrer Lebensfreude, beim Spiel von der Liebe zum Leben zusehen? Ach ja, richtig, kein Augenblick ließ sich festhalten, kein Bleiben nirgends, nur das Fortgespültwerden durch die Kette der Augenblicke. Aber es gab leuchtende Augenblicke wie diesen mit dem kleinen Juhu!-Philosophen und Lebensgenießer, und Herr Faustini dachte nicht daran, diesen Augenblick zu vergessen, nein, er würde ihn der dunklen Wolke zum Trotz mit sich im Herzen weitertragen und so der schwarzen Leere, die ohne Zweifel überall und immer auf jeden lauerte, ein Schnippchen schlagen.

Und wie um die Kette der glücklichen Augenblicke noch zu erweitern, sah Herr Faustini jetzt eine junge Frau, mit einem Knie auf den Gehweg gestützt, die Arme ausbreiten und mit heller Stimme rufen: Komm zu mir, mein Schatz! Und ein Mädchen, vielleicht fünf Jahre alt, rannte mit hellem Jauchzen, das wie ein Lichtstrahl um sie wirbelte, auf seine Mama zu, und die beiden schmolzen in diesem Augenblick zu einem Bild der Liebe und Schönheit zusammen. Herr Faustini strahlte über sein ganzes Gesicht, und er sah auch in den Gesichtern der anderen Passanten und Spaziersitzer auf den Bänken einen Widerschein dieser Liebe und Schönheit. War das Leben nicht wunderbar, hier und jetzt und in diesem Augenblick, der ewig dauern mochte, solange es Menschen gab, die sich seiner erinnerten. Herr Faustini blieb stehen und schloss die Augen. Um ihn wölbte sich die Kuppel der Ewigkeit, eingeschlossen in diesen Augenblick.

Nach einer Stunde des Genusses im Rosengarten ging Herr Faustini weiter in Richtung Schottentor, vielleicht weil er damals als Student diesen Weg immer gegangen war. Als er am Burgtheater vorbeiging, sah er mit einem Mal seinen Vater vor sich. Er hatte damals in der Stadt zu tun gehabt, hatte Herrn Faustini angerufen und um ein Treffen gebeten. Herr Faustini war mit ihm im Café Landtmann gesessen, mit einem Unbehagen in der Magengrube, so wie ihm in Gegenwart seines Vaters meist unbehaglich gewesen war. Er hätte so gerne einen Vater gehabt, mit dem er über die Dinge des Lebens, seine Probleme, seine Träume hätte sprechen können. Sein Vater aber konnte außer beurteilen und aburteilen nicht viel beitragen. Er hatte immer einen Vorwurf, eine Belehrung parat, hörte nie wirklich zu, und Herr Faustini wusste nie, wann sein nächster Wutausbruch anstand.

Nach zwei angespannten Stunden hatte sich sein Vater vor dem Burgtheater von ihm verabschiedet. Und zum ersten Mal war etwas Weiches, Menschliches in seinen Augen gewesen, eine Einsamkeit, eine Seele hatte sich gezeigt, eine traurige Seele in diesen maustraurigen Augen. Herr Faustini hatte jeden Augenblick mit Tränen in den Augen dieses einsamen Mannes gerechnet, doch der hatte sich ermannt, ihm einen Klaps auf die Schulter gegeben, Mach's gut, gesagt und war in die Straßenbahn gestiegen. Herr Faustini war noch eine Weile reglos dagestanden und hatte die unausgesprochenen Wörter zwischen seinem Vater und ihm gespürt.

Neben Herrn Faustini klingelte schrill eine Fahrradglocke, Aufwoch'n, heast!, rief ein knapp an ihm vorbeirasender Radfahrer.

Aufwachen, ja! Das war die Devise, wenngleich nicht so, wie der Raser es meinte. Auf also!

Herr Faustini lenkte seinen Schritt quer durch den Rathauspark vorbei am Neuen Institutsgebäude, in dem er mehrere Jahre seines Lebens verplempert hatte. Sein Ziel war das griechische Beisl *Diogenes* an der Landesgerichtsstraße, wo er mit einer Handvoll Studenten aus dem Philosophischen Seminar zusammen mit ihrem Professor, dem liebenswerten Kauz Richle, seines Zeichens versprengter Schweizer, mehrmals eingekehrt war. Herr Faustini roch noch den Qualm aus des Professors Pfeife, die er auch im Seminar seitlich aus dem Mund heraushängen ließ, freilich ohne sie anzuzünden.

Herr Faustini hörte noch, wie der Professor, nachdem er ausgiebig dem Retsina zugesprochen hatte, Herr Ober, bitte noch ein Viertel und rufen Sie gleich ein Taxi! gerufen hatte.

Er stand vor dem Kellerabgang zum *Diogenes*, nur dass da jetzt *Irish Pub* stand. Da auf der Erde, wie die Physiker sagen, Materie nicht verloren geht, sondern sich nur in andere Materie verwandelt – wohin war die immaterielle Energie von Professor Richles kauzigem Lächeln, wohin der Qualm seiner Pfeife, der Klang seiner Stimme, wenn er das letzte Viertel und zugleich das Taxi bestellte, verschwunden?

Herrn Faustini fror beim Gedanken, dass nichts von allem, was er gelebt hatte, nichts von den vielen Begegnungen in seinem Leben bleiben würde. Es war keine gute Idee gewesen, nach dem alten *Diogenes*-Beisl zu suchen. Gegen den Furor des Verschwindens half nur ausgedehntes Gehen. Gehen, bis der Kopf mit seinen Erinnerungen sich leerte. Also ging Herr Faustini los, wohin auch immer seine Beine ihn führen mochten.

Er überquerte die Alser Straße, vermied die Nähe des Narrenturms, ging die Schwarzspanierstraße entlang, bog in die

Währinger Straße ein und folgte ihr geradeaus. Er kam am Haus mit der Gedenktafel für Heimito von Doderer vorbei, seinem letzten Wohnsitz, und dachte an seine frühen Doderer-Lektüren, und dass sie für ihn wie ein Türöffner für diese Stadt gewesen waren. Beim Lesen Doderers hatte er begriffen, dass Wien aus vielen Zeitschichten bestand, in die er nie vordringen würde. Er fühlte sich wie ein Wanderer durch die Zeit, dem Herberge verwehrt wurde; man musste wohl hier geboren, von der Atmosphäre dieser Stadt von Anfang an genährt worden sein, um sie zu begreifen. Das verstand er damals beim Lesen. Er ging fortan anders durch diese Stadt, deren Geografie er zwar rasch begriff, die ihm aber vertikal in der »Tiefe der Jahre«, wie Doderer sich ausdrückte, ein Geheimnis blieb.

An der großen Kreuzung Währinger Straße/Nußdorfer Straße fuhr die 38er Straßenbahn krachend und rumpelnd über die Schwellen, mit einem Mal umgab ihn ein Sommerabend, er stand hier an dieser Stelle, atmete die Luft, das Licht dieses Abends in der »Tiefe der Jahre« ein. Er war jung, das Leben wartete auf ihn, er war getränkt von dieser Stadt, die ihm damals zum Gehäuse, zur zweiten Haut geworden war, in diesen frühen Jahren, als Wien noch ein östlicher Vorposten war, hinter dem der Eiserne Vorhang begann, dessen Trostlosigkeit man besonders im Winter mit einem inneren Schlottern spürte. Damals, als er in jenem Sommer mit Klaus und seiner Schwester übermütig und ahnungslos zum ersten Mal ein Land jenseits des Eisernen Vorhangs bereist hatte, hatte er von der bleiernen Schwere dieser Grenze noch nichts gespürt. Es war Sommer gewesen, er war siebzehn Jahre alt, er war gerade dabei, flügge zu werden. Doch ein paar Jahre später, in seinem ersten Winter in Wien, als er sich nach und nach an das Heraufschleppen des Heizölkanisters und die Toilette auf dem Gang, die er sich mit seinen Nachbarn in dem schäbigen Zinshaus teilte, gewöhnt hatte, hatte ihn das Verlangen erfasst, das alte Prag kennenzulernen. Er hatte einen Zug bestiegen, der an der Grenze zur Tschechoslowakei – so hieß das Land damals noch – lange anhielt. Wachsoldaten schritten mit Schäferhunden entlang des Zuges, dann stiegen Grenzbeamte zu. Als es endlich weiterging, fuhr der Zug lange Zeit durch tote Wälder, in denen sich eine abgestorbene Tanne an die nächste reihte. Dann stand eine Frau in Uniform vor ihm, verlangte in schroffem Ton seinen Pass, blätterte ihn durch, drückte einen Stempel hinein und sah Herrn Faustini mit metallenem Blick an. Grund der Reise?, fragte sie wie ein Automat.

Tourist, antwortete Herr Faustini.

Wohin fahren Sie?

Nach Prag.

Ist das Ihre Reisetasche?

Ja.

Öffnen!

Herr Faustini holte seine Reisetasche aus dem Gepäcknetz.

Aufmachen!

Herr Faustini öffnete die Reisetasche. Die Frau in Uniform wühlte darin herum, kehrte jedes Kleidungsstück um.

Was ist das?

Waschsachen, antwortete Herr Faustini.

Öffnen!

Herr Faustini öffnete den Reißverschluss seines Waschbeutels.

Herausnehmen!

Herr Faustini nahm seine Zahnbürste, seine Zahnpasta, seinen Rasierer aus dem Beutel.

Weiter!

Er nahm seine Haarbürste, sein Duschöl, seine Gesichtscreme heraus.

Weiter!

Er nahm seine Feile, seine Ersatzzahnbürste, seine Seife heraus.

Was noch?, herrschte ihn die Frau in jenem Tonfall an, den Herr Faustini vom SS-Wachpersonal aus düsteren Filmen kannte.

Herrn Faustinis Hand zitterte, als er eine Packung Zahnseide aus dem Waschbeutel nahm.

Die Frau in Uniform nahm die Packung, öffnete sie, drehte sie um, quetschte sie zusammen. Dann streckte sie Herrn Faustini die Zahnseide mit einer zackigen Bewegung entgegen, drehte sich weg und marschierte zum nächsten Reisenden.

Der Zug erreichte Praha hlavni nádraží, alle Reisenden standen auf, rissen ihre Koffer von den Gepäcknetzen, also tat Herr Faustini es ihnen nach. Als er auf den Bahnsteig trat, fiel ihm ein beißender Geruch nach Ruß auf. Über die Gleise wölbte sich eine riesige Stahlkonstruktion, wie er sie in Bahnhöfen in alten Filmen gesehen hatte. Er ging zu einem Informationsschalter und fragte, wo er ein Hotelzimmer mieten könne. Der Mann am Schalter sagte nur: Čedok.

Herr Faustini fragte nach: Čedok?

Čedok!, antwortete der Mann.

Was er mit Čedok meine, fragte Herr Faustini.

Čedok, wiederholte der Mann.

Herr Faustini ging dem Ausgang entgegen. Da sah er ein schmutziges, verblichenes Schild mit der Aufschrift »Čedok«, vor dem eine lange Schlange von Menschen stand. Herr Faustini stellte sich hinten an. Als er als Letzter drankam und nach einem Zimmer für vier Nächte fragte, antwortete die Frau am Schalter im SS-Ton: *One night!*

Herr Faustini erwiderte höflich, er benötige ein Zimmer für vier Nächte. Die Antwort: *One night!*

Und wie bekomme er morgen ein neues Zimmer, fragte er.

Come back tomorrow for next night!

Die Frau machte ein Kreuz auf einem winzigen Stadtplan, kassierte das Geld und drückte ihm den Plan in die Hand.

Room one night!

Damit trat Herr Faustini hinaus in die eiskalte Dunkelheit. Er war in Prag, in der Stadt Kafkas, in der Stadt der *Verwandlung*, in der Stadt des *Berichts für eine Akademie*, in der Stadt der Briefe an Felice Bauer und des *Prozess*!

Er stieg hinab in den tiefen Schacht der U-Bahn, suchte

auf dem Plan nach einer Station in der Nähe des angekreuzten Zimmers und wartete. Der Schacht roch nach einem scharfen Putzmittel. Die U-Bahn kam und Herr Faustini stieg ein in den Zug in Richtung *Kosmonauti*. Ehe die Türen sich schlossen, sagte eine Frauenstimme etwas wie »U Kuntschetevistu Panasti wezessew evirai«. Das wiederholte sie sehr melodisch bei jeder Station. Herr Faustini sang nach der dritten Station die Melodie mit. Von ihm aus konnte die Fahrt noch lange dauern, er fühlte sich wohl mit dieser Melodie. Noch drei Stationen, dann stieg er aus. Die Straßen waren stockdunkel, die Häuser schwarz. Er schlich mit seiner kleinen Reisetasche durch diese und jene Straße, dann wieder zurück, wieder hin und her in der nächsten Straße. Alle hießen sie *Ulice* und dann Soundso, *Ulice* musste wohl Straße heißen. An einer dunklen Ecke trat ein Mann mit Hut und hochgestelltem Kragen auf ihn zu, flüsterte kaum hörbar: Wechseln, wechseln. Herr Faustini hatte am Bahnhof sein Pflichtwechseln bereits erledigt. Er sagte deshalb, Danke, ich habe schon gewechselt. Aber können Sie mir sagen, wo das ist? Er zeigte dem Mann das Kreuz auf dem Stadtplan. Es war so dunkel, dass man das Kreuz nicht sehen konnte. Der Mann holte eine kleine Taschenlampe aus seinem Mantel und leuchtete auf den Plan.

Nahe ganz, sagte er und wies in die Richtung, aus der Herr Faustini gekommen war.

Ecke dort, meinte der Mann, 14. Wechseln?

Herr Faustini bedankte sich und ging zu der Ecke. Im Dunkeln erkannte er die Hausnummer 14 und fand auch die

Klingel. Er drückte sie, dann kam nach langem Warten ein Schnappgeräusch. Herr Faustini stieg eine steile Schiffstreppe hinauf. Oben stand ein älteres Mütterchen im Morgenrock. Er war richtig, Frau Svobodová hatte ihn schon erwartet. Sie führte ihn lächelnd in ein Jugendzimmer mit Linoleumboden und einer Vitrine mit unzähligen Pokalen. Frau Svobodová fragte: Gut? Herr Faustini antwortete freundlich: Gut! Danke! Dann ließ Frau Svobodová ihn allein.

Es gab ein Waschbecken an der Wand, dazu ein winziges Handtuch. Der Kleiderschrank roch nach einer traurigen Kindheit. Herr Faustini stellte seine Reisetasche ab, wusch sich die Hände und machte sich notdürftig frisch.

Er fragte Frau Svobodová nach einem Schlüssel, sie bedeutete ihm: Nix Schlüssel! Glocke!

Herr Faustini wollte ihr erklären, er wisse nicht, wann er zurückkomme. Er wolle Abendessen gehen.

Frau Svobodová verstand nicht. Sie wiederholte: Glocke!

Glocke, wiederholte Herr Faustini, also gut: Glocke!

Dann verließ er sein Jugendzimmer und stieg die steile Schiffstreppe hinab.

Auf der Straße war es inzwischen nachtschwarz. Herr Faustini tastete sich an der Hauswand entlang. Vorn an der Ecke kam wieder der Mann auf ihn zu und sagte: Wechseln?

Herr Faustini erklärte ihm noch einmal, dass er bereits gewechselt habe. Er suche nach einem Restaurant. Restaurant wo?, fragte er.

Restaurant nix hier!, antwortete der Mann.

Wo Restaurant?, fragte Herr Faustini erneut.

Der Mann zeigte mehrfach hintereinander ins Dunkle, so wie man anzeigt, dass es bis zur nächsten Stadt etwa zweihundert Kilometer sind.

Wo?, fragte Herr Faustini noch einmal.

Der Mann zeigte wieder in die Weite.

Herr Faustini dankte und ging auf gut Glück los.

Nach einem langen Fußmarsch quer durch die stark nach Ruß und Zweitakter-Benzin stinkende Kälte und vielem Winken in die Weite stieg Herr Faustini die Stufen in ein Kellerlokal hinab, in dem es von vielen Menschen hell und warm dampfte.

Es gab keinen freien Tisch, doch Herr Faustini fragte ein freundlich dreinschauendes junges Paar, ob er sich an die Ecke setzen dürfe. Die beiden nickten, dankbar nahm er Platz. Der Wirt kam und sagte etwas auf Tschechisch.

Herr Faustini fragte: *English?*

Der Wirt fragte: *Drink? Good Beer! Budweis!*

Herr Faustini nickte. Der Wirt kam mit einem riesigen Glas, führte die Hand zum Mund und fragte: *Eat?*

Ja, antwortete Herr Faustini, *menu*?, fragte er.

Knödelicki, antwortete der Wirt.

Knödelicki?, fragte Herr Faustini.

Ok, Knödelicki, sagte der Wirt und verschwand.

Herr Faustini prostete dem jungen Paar zu. Er hatte noch nie so gutes Bier getrunken.

Bald kam der Wirt und stellte einen Teller mit zwei riesigen Knödeln in einer braunen Sauce vor Herrn Faustini hin. Dazu machte er das Zeichen für Essen.

Herr Faustini nickte und begann zu essen. Es schmeckte ausgezeichnet.

Er war also da, in der Stadt von Franz Kafka.

Am nächsten Morgen klopfte Frau Svobodová an die Tür, Herr Faustini hatte sich gerade mit dem Miniaturhandtuch notdürftig frisch gemacht.

Frau Svobodová stellte einen Teller mit trockenem Brot und einer undefinierbaren Wurst auf Herrn Faustinis Nachtkästchen.

Herr Faustini bedankte sich und fragte Frau Svobodová, ob er noch weitere drei Nächte bleiben könne.

Čedok, antwortete Frau Svobodová.

Wenig später war Herr Faustini wieder mit seiner Reisetasche in der U-Bahn auf dem Weg zum Bahnhof. Am Čedok-Schalter saß die Frau vom Vortag. Herr Faustini fragte nach einem Zimmer für drei Nächte. *One night!*, kommandierte die Frau.

Three nights please!

One night! Tomorrow you come back!

Sie machte ein Kreuz in einen weiteren winzigen Stadtplan und wies Herrn Faustini davon.

So vergingen drei weitere Tage mit Knödelicki, Aufforderungen, Geld zu wechseln und der harten Suche nach etwas Essbarem.

Prag war schwarz und düster wie das Ost-Berlin aus »Der Spion der aus der Kälte kam«, die Abgase der Zweitakter hingen wie angeklebt über den Straßen, schwarze Funktionärslimousinen tickten im Halbdunkel vorbei, Menschenschatten schlichen mit schwerem Atemnebel durch die Straßen.

Herr Faustini pilgerte jeden Morgen zu der unerbittlichen Kommandantin am Schalter von Čedok.

Am Morgen des dritten Tages stand Herr Faustini hinter einem Amerikaner, der ein paar Dollarscheine in seinen Reisepass legte, als er ihn der Kommandantin reichte.

Four nights no problem!, sagte die Kommandantin und machte ein Kreuz in einen winzigen Stadtplan.

13

Herr Faustini kehrte zurück aus dem dunklen Prag der Vergangenheit. Er sah die Nußdorfer Straße hinauf, dort vorn hatte er zu Beginn seiner Studienzeit gewohnt, hatte in der Markthalle eingekauft, deren Fäulnisgeruch vermischt mit dem Geruch von Blut und überfälligem Fisch in diesem Augenblick wieder in seiner Nase stach. Aus den Vitrinen starrten Schweinsköpfe, an deren Anblick Herr Faustini sich erst gewöhnen musste.

Es wurde Zeit, dass Herr Faustini diese Kreuzung verließ, um wieder in der Gegenwart anzukommen. Möglicherweise war diese kleine Senke, auf der sich zwei große Straßen trafen und über deren Schwellen in rascher Folge die Straßenbahnen donnerten, ein Knotenpunkt, an dem sich verschiedene Zeiten begegneten. Kein Wunder, dass Heimito von Doderer hier gelebt hatte. Vielleicht hatte er nur in Ruhe an seinem Schreibtisch sitzen und sich von der kulminierenden Zeit den Schreibstift führen lassen müssen. Allerdings sprach eine seiner Sentenzen aus seinem *Repertorium* dagegen, wo er – Herr Faustini erinnerte sich an diese Stelle – schrieb: »Ich muss früh aufstehen. Meine Feinde stehen noch früher auf.«

Immerhin hatte Herr Faustini keine Feinde, zumindest wusste er von keinem. Das kam wohl daher, dass er im Verborgenen lebte. Wer hätte ihn in seiner Klause mit Hass verfolgen sollen? Dafür war er zu unbedeutend. Das war sein Ideal: Unbedeutend im Verborgenen leben, und ganz für sich, im Schatten, heimlich ein stilles und zufriedenes Leben leben, erhobenen Hauptes. Das war sein Weg, und solange er wusste, wo ihm der Kopf stand, war es gut so.

Er folgte der Währinger Straße, die zur Volksoper hin anstieg, überquerte das Staub- und Lärmband des Gürtels und wollte gerade der Währinger Straße weiter folgen, als er an der Ecke ein Graffiti in violetter Schrift las: DIE HOFFNUNG IST EIN FEHLER. Das war zwar kein gutes Deutsch, dennoch spürte Herr Faustini diesen Satz in seinem Innern gurgeln und nachhallen. Und er befürchtete, dass er es noch einige Tage lang tun würde. War Hoffnung zu haben nicht die den Menschen natürlichste Sache der Welt? War Hoffnung vielleicht etwas wie eine biologische Funktion des menschlichen Lebens? Etwas wie Schweiß? »Er schwitzte Hoffnung« – oder so ähnlich? Gehörte Hoffnung nicht zum menschlichen Leben – und war dieses so gut wie beendet, wenn die Hoffnung erlosch? Hoffnung war wohl eine biologisch bedingte vererbte Dummheit des Menschen – denn dass jeder ins Grab musste und das Leben also eigentlich hoffnungslos verloren war, war unbestritten. Doch wie man dieses Leben gestaltete, welchen Zielen, Wünschen, Sehnsüchten man sich verschrieb – und, ja, auch welchen Menschen –, das war es doch, was den Unterschied ausmachte?

Doch jetzt auf in den achtzehnten Bezirk, sagte Herr Faustini bei sich selbst. Er erinnerte sich, dass ihm die Währinger Straße jenseits des Gürtels damals auf Anhieb gefallen hatte, er hatte sich irgendwie heimisch gefühlt, als hätte er diesen Ort aus einem früheren Leben gekannt. Wahrscheinlich hatte die Doderer-Lektüre ihn darauf vorbereitet. Nahe des Kutschkermarkts glänzte ein eigenes Licht, er sah plaudernde Menschen mit Einkaufstaschen, hörte einen Marktschreier, und ein Geruch von Oliven und Antipasti strömte bis zur Währinger Straße herunter. Möglicherweise bildete er sich den Geruch nur ein, aber war die Einbildung nicht auch eine eigene Welt?

Er war an diesem Morgen aufgebrochen auf der Suche nach unwiderlegbaren Anzeichen des Lebens, und hier war es, das Leben, nämlich in Gestalt eines kleinen Mädchens an der Hand seines jungen Vaters; die beiden kamen vom Markt. Das Mädchen tänzelte und sang das Lied von »Ryder und die Fellfreunde«, während sein Papa es, den Einkauf in einer Tasche um die Schulter gehängt, mit einem Lächeln auf den Lippen – und doch mit den Spuren eines Lebens im Gesicht, das nicht so leicht sein mochte –, sicher an seiner Hand führte. Da zeigte das Mädchen in den Himmel am Ende der Straßenschlucht und rief: Schau mal, Papa, eine Tigerwolke! Und ja, das war sie, eine echte Wolke mit fauchendem Tiger, überlebensgroß über der Stadt mit den grauen Straßenschluchten. Folgt dem Tiger, sagte Herr Faustini leise und zwinkerte dem Mädchen zu, das sein Zwinkern erwiderte, folgt dem Tiger und bleibt ganz nah dran am Leben, immer und überall, liebes Mädchen und lieber Papa!

Folge dem Tiger-Tag! In seinem Innern hörte Herr Faustini klar und deutlich eine Stimme, die zu ihm sagte: Folge dem Tigertag! Ja, es war das kleine tapfere Mädchen an der Hand seines Vaters in der Tiefe der Straßenschlucht, das Herrn Faustini die Losung gegeben hatte. Er brauchte ihr nur noch zu folgen.

Wann bin *ich* eigentlich je dem Tiger gefolgt?, fragte sich Herr Faustini. Nahm mich je einer an der Hand und führte mich in den hellen, leuchtenden Tiger-Tag?

Nein, also nahm er sich selbst an der Hand und schlenderte durch den Markt, schnupperte da und dort, erstand herrliches Nussgebäck und lauschte im Vorbeigehen dem Stimmenteppich der Leute, die an kleinen Tischen angeregt bei Kaffee und Wein plauderten.

Da sah er sie. Herr Faustini war wie immer nicht vorbereitet. Sie hatte die Augen, den Blick von Klaus' Mutter. Es war Klaus' Mutter, aus einer Zeitfalte hier und jetzt auf den Kutschkermarkt geschickt, in einem königsblauen Kleid, ihren Einkaufskorb unterm Arm. Ihr Blick begegnete dem seinen, sie hielt einen langen Augenblick inne, als erkenne sie ihn wieder. Herr Faustini stand da wie angewurzelt. Natürlich wusste er, dass das unmöglich war. Jahrzehnte waren seither vergangen, er war siebzehn gewesen, sie mindestens zwanzig

Jahre älter. Ihr Blick damals hatte genügt, eine Kaskade von Fantasien in ihm loszutreten über Tage und Wochen und, wenn er's genau bedachte, bis zu dieser Stunde, da er in vorgerücktem Alter hier auf dem kleinen Markt stand und schaute und schaute. Er rief sich selbst aus dem Schauen zurück, denn was war schlimmer als ein alter Depp, der eine Fremde anglotzte.

Dergleichen hatte in früherer Zeit zu Duellen, und unter denen, die nicht satisfaktionsfähig waren, zu Mord und Totschlag geführt. Du sollst nicht begehren deines Nächsten Weib! Stand es nicht so geschrieben? Ja, aber es stand noch anderes geschrieben, von wegen Begehren: »So soll der, der bei ihr lag, dem Vater des Mädchens fünfzig Schekel Silber geben, und es soll seine Frau werden, weil er ihr Gewalt angetan hat; er kann sie nicht entlassen all seine Tage.« An diese Stelle aus dem 5. Buch Mose dachte Herr Faustini in diesem Augenblick, wobei er im Hinterkopf weit schlimmere in Erinnerung hatte, wo von Steinigung die Rede war.

Die Frau im königsblauen Kleid hatte sich inzwischen, während Herr Faustini in archaischer Vorzeit feststeckte, ein Stück weit entfernt. Herr Faustini sah sie am Fußgängerübergang an der Währinger Straße stehen und auf Grün warten. Seine Füße folgten ihr ganz von selbst. Hoch aufgerichtet ging sie langsam wie die verkörperte Eleganz am Eisgeschäft vorbei. Herr Faustini folgte ihr. Sie blieb an der Ampel bei der Gentzgasse stehen. Herr Faustini näherte sich vorsichtig, sehr langsam, er wartete, bis sie die Straße überquert hatte, ehe er ihr folgte. Sie bog in die Edelhofgasse ein. Herr Faustini fühlte sich unwohl in der Rolle des Verfolgers. Die Frau im königsblauen Kleid musste längst spüren, dass ihr jemand nachging. Was würde Herr Faustini ihr sagen, wenn sie sich umdrehte und ihn zur Rede stellte? Bitte entschuldigen Sie, ich komme hier zufällig vorbei, und da habe ich Ihr königsblaues Kleid gesehen, das mich an jemanden erinnerte? In Herrn Faustinis Kopf bildeten sich Entschuldigungs- und Rechtfertigungssätze, einer lächerlicher als der andere. Konnte er ihr nicht einfach sagen, dass sie ihn an eine Frau erinnerte, der er vor Jahrzehnten hier in dieser Stadt begegnet war und deren Bild noch heute in ihm weiterlebte? So oder so, jegliche Begründung dafür, dass er der Unbekannten folgte, würde gegen ihn sprechen. Das tat man nicht, außer man war ein Strolch der übelsten Sorte. Immerhin sprach für Herrn Faustini, dass helllichter Tag war und er nicht im Dunkel eines Hausflurs lauerte. Er folgte der Unbekannten mit den Augen von Klaus' Mutter, weil sie eine Tür in ihm aufgestoßen hatte. Klaus' Mutter selbst hatte die Begegnung damals gewiss wenige Tage später vergessen, jetzt, hier und heute, würde sie schallend lachen über den inzwischen in die Jahre gekommenen Herrn Faustini, der einem Trugbild von damals folgte, vom Kutschkermarkt bis zur Edelhofgasse und in diesem Augenblick, da die Unbekannte abbog, gar bis zur Haizingergasse.

Herr Faustini war darauf bedacht, der Unbekannten nicht zu dicht zu folgen. Er wollte ihr auf gar keinen Fall Unbehagen bereiten. Endlich blieb die Frau im königsblauen Kleid stehen und wandte sich um.

Kann ich Ihnen behilflich sein, suchen Sie jemanden?, fragte sie zurückhaltend. Herrn Faustini saß der Schreck in den Gliedern, er wusste nichts zu antworten.

Sie folgen mir seit dem Markt, fügte die Unbekannte hinzu. Darf ich Sie fragen, weshalb? Ich habe gern klare Verhältnisse.

Der Satz von den klaren Verhältnissen imponierte Herrn Faustini außerordentlich. Jeder Strolch müsste spätestens nach einem solchen Satz von der Verfolgung ablassen und das Weite suchen. Herrn Faustini jedoch inspirierte dieser glasklare Satz. Er nahm all seinen Mut zusammen und entgegnete der Liebhaberin klarer Verhältnisse, auch er schätze klare Verhältnisse über alles, weshalb er glücklich sei, dass sie ihn zur Rede stelle. Ob er sich vorstellen dürfe, sein Name sei Faustini. Er bedaure unendlich, dass er dem Impuls seiner Beine nachgegeben und einer Dame von Welt – ja, das sehe man auf den ersten Blick –, einer Dame von Welt also auf so unverschämte Weise gefolgt sei. Allein ihr Anblick, und ganz besonders ihr Blick, sei über ihn gekommen wie eine Erscheinung aus anderer Zeit: Als er nämlich damals mit siebzehn in jenem VW-Bus des Freundes seiner Schwester, der, soweit er sich erinnere, Klaus geheißen habe, genächtigt und dieser ihm die Erlaubnis erteilt habe, in der Wohnung seiner Eltern das Bad zu benützen. Denn wer könne schon wollen, dass ein junger Mann im Schweiße seines Angesichts – ja, es seien heiße Sommertage gewesen damals bei seiner ersten Reise nach Wien – seine Mitmenschen mit dem Geruch mangelnder Hygiene und Körperpflege belästige. Kurzum, so sei es geschehen damals in jenem heißen Wiener Sommer, dass er der Mutter des Freundes seiner Schwester begegnet und diese Begegnung bis zum heutigen Tage nicht zu vergessen imstande gewesen sei. Und eben hier und heute, drüben am Kutschkermarkt sei ihm der Blick von damals, der ihn all die Jahre hindurch begleitet habe, wiederbegegnet und zwar aus Ihren Augen, verehrte Dame, weshalb er, Herr Faustini, seine gute Erziehung habe fahren lassen. Er, Herr Faustini, könne sich nicht oft genug entschuldigen, er habe sich ungebührlich verhalten und verstehe voll und ganz, sollte sie nun an eine Anzeige bei der Polizei denken. Er werde ausharren und auf die Polizei und seine wohlverdiente Strafe warten.

Die Frau im königsblauen Kleid warf Herrn Faustini wieder einen dieser Blicke zu, die seine Beine hatten übermütig werden lassen. Bei sich und im Stillen bat er die Unbekannte, ihm keinen dieser Blicke mehr zuzuwerfen, um ihn nicht in weitere Verlegenheit zu bringen.

Die Unbekannte sagte mit einem entzückenden kleinen Lächeln, dies sei wohl die charmanteste Erklärung für eine nicht ganz kleine Forschheit und Indezenz, die sie je vernommen habe. Sie würde deshalb und weil sie ihm, in dessen Augen sie den guten Menschen erkenne, unvernünftigerweise vertraue, Herrn Faustini gerne einladen, gleich hier im Gastgarten des reizenden Restaurants Edelhof mit ihr zu verweilen und ihr mehr von sich zu erzählen, denn nun, da sie glaube, sein Wesen zu erkennen, sei sie gewillt, mehr von ihm zu erfahren. Ob er einverstanden sei?

Herr Faustini, der sich innerlich schon auf das Andreashorn der Polizeistreife, die heranrasen würde, um ihn, den Strolch, zu verhaften, vorbereitet hatte, begriff zunächst gar nichts. War es denn möglich, dass diese außergewöhnlich elegante Erscheinung, die nicht von dieser so uneleganten Welt zu sein schien, ihm soeben einen gemeinsamen Besuch im Café an der Ecke angeboten hatte?

Sagen Sie Ja, sagte die Frau in Königsblau und ging die paar Schritte zum Restaurant Edelhof voraus.

Herr Faustini folgte ihr als vom Leben reich Beschenkter, wobei er nach seinem Glück angemessenen Worten suchte. Im Stillen sagte er sich, dass dies nur ein Traum sein könne und er gut daran tue, sich selbst zu zwicken, dann würde er zweifellos alleine und enttäuscht aufwachen. Und wirklich zwickte er sich heimlich in den linken Oberarm, spürte den sanften Schmerz und öffnete so weit wie möglich seine Augen. Alles war unverändert, er ging hinter dieser unerhört eindrucksvollen Dame von Welt und war im Begriff, mit ihr an einem der Tische vor dem Restaurant Edelhof Platz zu nehmen.

14

Die Kellnerin servierte Mineralwasser. Herr Faustini beobachtete die blubbernden Luftblasen in seinem Glas, als sähe er dergleichen zum ersten Mal. Es war gewiss nicht das Schlechteste, sich an etwas Alltäglichem festzuhalten in der so aufregenden und ganz und gar nicht alltäglichen Lage, in der er sich befand. Wann war er zuletzt so aufgeregt gewesen wie jetzt, da die Luftbläschen in seinem Innern und nicht allein in seinem Wasserglas perlten?

Wer sind Sie?, fragte die Frau mit den, wie Herr Faustini, der sich nicht an ihnen sattsehen konnte, dachte, schönsten Augen der Welt. Und sie lächelte bezaubernd.

Wer bin ich?, wiederholte Herr Faustini bei sich ihre Frage. Wie konnte einer sich selbst beschreiben, außer mit den üblichen Floskeln, die für solche Gelegenheiten im Umlauf waren? Floskeln, wie man sie auf den Sternzeichen-Seiten in den Illustrierten fand?

Ich … ähm, begann Herr Faustini, ich glaube, ich … bin nichts Besonderes. Ich … ähm … ja, das glaube ich.

Oh, das glaube ich aber ganz und gar nicht, protestierte die Frau im königsblauen Kleid. Sonst würde ich nicht mit Ihnen hier sitzen und mich Ihrer Gegenwart erfreuen.

Sie meinen, Sie erfreuen sich meiner Gegenwart?, fragte Herr Faustini und spürte, wie ein Hauch von Röte in ihm aufstieg. Er fühlte sich in diesem Augenblick wie einst als Schuljunge, wenn er feuerrot wurde und es einfach nicht kontrollieren konnte.

Doch jetzt lächelte er im Innern darüber. Ist schon in Ordnung, sagte er sich. Wenn du noch erröten kannst, dann bedeutet das, dass das Kind in dir nicht ganz ausgelöscht ist. Genieße es, wer weiß, wie lange noch!

Ich finde, Sie sind ein ganz besonderer Mensch, sagte die Frau mit den schönsten Augen der Welt. Ich kann nicht genau sagen, wie und weshalb, aber ich spüre, dass es so ist.

Oh, ich … das ist zu viel der Ehre, erwiderte Herr Faustini, jetzt, da er wohl zumindest halbrot war.

Er fürchtete, dass er schwitzte. Das wollte er unbedingt vermeiden. Im schlimmsten Fall könnte er auf die Toilette gehen und sich den Schweiß aus den Achseln wischen. Das war ein beruhigender Gedanke. Mit verschwitzten Achseln war es schwer, ein besonderer Mensch zu sein. Das behielt Herr Faustini für sich. Während des ganzen Gesprächs mit der Unbekannten dachte er an seine verschwitzten Achseln, wobei er seine Nase so unauffällig wie möglich – er tat so, als müsse er seinen Stuhl zurechtrücken – in Richtung seiner rechten Achsel brachte. Er roch nichts, was ihn vorerst beruhigte.

Erzählen Sie bitte von sich, ich bin sicher, es gibt da viele Schätze zu heben, sagte die Frau mit den schönsten Augen.

Oh … ähm, begann Herr Faustini, ich könnte Ihnen erzählen, ich sei ein *poor lonesome Cowboy*, aber das ist nicht wahr. Ich habe ein gutes Leben in meinem Haus. Ich schaue meinem Kater dabei zu, wie viel Spaß er hat, wenn die einzelnen Halme der Montbretie in meinem Garten sich wie von Zauberhand bewegen. Er kann gar nicht genug vom Spiel mit der Montbretie bekommen. Haben Sie einen Garten?

Herr Faustini bereute diese vielleicht etwas zudringliche Frage. Wer hatte in Wien schon einen Garten? Aber die Frau im königsblauen Kleid war eine große Ästhetin, so elegant wie sie war, würde sie wohl auch einen schönen Garten zu schätzen wissen.

Gibt es außer Ihrem Kater noch jemanden?, fragte sie. Kinder, eine Frau?

Herr Faustini musste wohl einen traurigen Zug um den Mund zeigen, jedenfalls entschuldigte sich die Unbekannte für die indiskrete Frage.

Herr Faustini versicherte, dass er ihre Frage keineswegs als indiskret empfinde. Nein, er habe keine Kinder, es habe sich so ergeben in seinem Leben, und es gebe auch keine Frau, die auf ihn warte. Abgesehen von Frau Gigele, seiner Nachbarin mit der Etagenfrisur, die sich während seiner Abwesenheit rührend um seinen Kater und um seine delikaten Blumenstöcke kümmere.

Oh, das tut mir leid, sagte die Frau im königsblauen Kleid. Auch sie habe keine Kinder, ihr Mann habe keine gewollt, und nun sei er schon seit Jahren auf Geschäftsreise. Ich muss sagen, ich habe mich ans Alleineleben gewöhnt. Es ist nicht das Schlechteste, wenn man ganz für sich entscheiden kann, wie der Tag abläuft.

Herr Faustini sah keinen bitteren Zug um ihre Mundwinkel.

Er beeilte sich, ihr recht zu geben, auch er hatte sich längst daran gewöhnt, sein eigener Herr und Meister zu sein, und abgesehen von seinem zärtlichkeitsbedürftigen Kater hatte er niemandem gegenüber Verpflichtungen.

Nach einer Weile fiel Herrn Faustini auf, dass das Licht am Tisch vor dem Restaurant Edelhof gedreht hatte. Die Zeit musste ein ganzes Stück vorangerückt sein über der Begegnung mit der Frau im königsblauen Kleid.

Die Sätze, die sie und Herr Faustini austauschten, kamen bestens miteinander aus, sie fühlten sich wohl und balgten wie junge Hunde. Herr Faustini fragte sich, wie es komme, dass sich die Frau mit den schönsten Augen der Welt so viel Zeit für ihn, den ihr gänzlich Unbekannten, nehme. Er dankte im Stillen dem Leben für die wunderbare Begegnung mit dieser Frau, und machte sich schon bereit, sie demnächst zu verabschieden, denn gewiss hatte sie noch anderes zu tun, als mit ihm den Tag zu verplaudern.

Doch es kam anders. Die Frau mit den schönsten Augen warf ihm den schönsten aller möglichen Blicke auf dieser Welt zu und sagte: Ach, es ist schön, dass Sie ein wenig unverschämt waren, Herr Faustini! Wir hätten uns sonst nie kennengelernt!

Herr Faustini entschuldigte sich noch einmal für seine Dreistigkeit, das sei eigentlich nicht seine Art, er wisse nicht, was ihn da überkommen habe. Oh, er wusste es genau, doch was hätte er anderes tun sollen, als ihr zu folgen.

Wissen Sie, sagte die Frau im königsblauen Kleid, der Tag hat so wunderbar begonnen, ich genieße Ihre Gegenwart, ich fände es schade, wenn wir jetzt schon auseinandergingen.

Herr Faustini empfand genauso, er hätte nur nie gewagt, es auszusprechen, seinen Anteil an Dreistigkeit hatte er bereits verbraucht.

Darf ich Sie vielleicht auf ein Glas Wein zu mir einladen?, fragte die Frau mit dem schönsten Blick, was meinen Sie zu dieser unverschämt offenherzigen Einladung?

Herr Faustini meinte, er sei höchst erfreut, es wäre nichts als purer Genuss für ihn, wenn dieses Zusammentreffen eine Fortsetzung fände.

Damit kam er seiner Begleiterin, die schon ihr Portemonnaie gezogen hatte, zuvor und beglich die Rechnung.

15

Wenig später saß Herr Faustini bei einem Glas Weißwein auf einem Art-déco-Sofa in der schönsten Wohnung, die er je gesehen hatte. An den Wänden hingen neben alten Stichen auch wunderbare Drucke aus den »36 Ansichten des Berges Fuji« von Hokusai, die Herr Faustini schon lange bewunderte. Alles an dieser Wohnung war Harmonie und Schönheit. Doch die Seele dieser Harmonie saß neben Herrn Faustini auf dem Sofa und sah ihn an. Irgendwann legte sie ihre Hand mit der Handfläche nach oben auf das Sofa. Herr Faustini legte seine Hand auf die ihre.

Sie dürfen mich jetzt küssen und ins Schlafzimmer führen, sagte sie.

16

Warum diesen Tag nicht verlängern um einen weiteren und noch viele andere?

Rachel – sie verriet Herrn Faustini in der Umarmung ihren Namen – bat Herrn Faustini, über Nacht bei ihr zu bleiben.

Lange hielten sie einander umschlungen, einer sah in des andern Augen, so nah, bis sie schließlich verschmolzen.

Als Herr Faustini am nächsten Vormittag die Pension Schneckerl betrat, ließ Frau Uschi ihn wissen, dass sein Freund bereits abgereist sei. Er habe ihm diese Nachricht hinterlassen, wobei sie Herrn Faustini einen Zettel überreichte. Darauf stand in ungeübter Handschrift: HABE EVELYN GESEHEN, GLAUB'S ZUMINDEST. UND WEG WAR SIE. UND ICH BIN JETZT AUCH WEG. ICH DANKE FÜR DIE BEGLEITUNG. WIR SEHEN UNS IN DER BAHNHOFSRESCHTE. MARTIN

Herr Faustini schmunzelte.

Warum musste er eigentlich zurück? Der Kater war die meiste Zeit drüben bei Frau Gigele. Der hätte den alten Herrn in einer Woche vergessen. Und die delikaten Blumenstöcke auch. Frau Gigele hatte ohnehin das bessere Händchen für Pflanzen. Warum also zurück in die enge Welt seines Dorfs?

Rachel ist elegant wie eine Herzogin, dachte Herr Faustini, wenngleich er nie eine echte Herzogin kennengelernt hatte. Aber so stellte er sich eine Herzogin vor. Was wollte eine solche Frau mit einem wie ihm? Hatte sie außerdem nicht gesagt, sie habe sich ans Alleineleben gewöhnt und fände es wunderbar? Ja, aber hatte sie ihm nicht vor einer Stunde noch zugeflüstert, er solle sein Gepäck holen und wenigstens noch für einen Tag und eine weitere Nacht bleiben?

Und so geschah es. Herr Faustini beglich in der Pension Schneckerl seine Rechnung und ging zu Fuß zum Schottentor. Er wollte kein Taxi nehmen, er brauchte die Bewegung. Er ging bis zur Doderer-Kreuzung, grüßte das Nachbild seiner selbst damals in Prag, bestieg den 41er und fuhr hinauf bis zur Kutschkergasse.

Der Markt war nicht mehr derselbe. Die Begegnung mit Rachel hatte alles, seine ganze Wahrnehmung verändert. Er war ein neuer Mensch, so schien es ihm in diesem Augenblick. Konnte es sein, dass er das alles nur geträumt hatte?

Herr Faustini mochte an einer Bewusstseinsstörung leiden, vielleicht war er auch in Bereiche der Wahrnehmung vorgedrungen, die nicht für ihn vorgesehen waren. Jedenfalls war ihm, als sehe er mit einem Mal durch die Straße hindurch, er sah in ihrem Innern ein schwebendes Netz aus Straßen. Herr Faustini hatte nie zu denen gehört, die daherredeten, als gälten die Gesetze der Schwerkraft nicht für sie, als könnten sie mit einem Augenschließen eine zweite, unsichtbare Welt herbeizaubern. Doch wie kam es, dass sich ihm jetzt im Innern einer öden Straße eine Welt auftat? Konnte es sein, dass die

Oberfläche nur Schein, nur ein Trick war, um den, der auf der Straße dahinschlurfte, einzulullen und ein für alle Mal vergessen zu lassen, dass es nur des Erwachens eines anderen Blicks bedurfte, um den harten Asphalt aufzulösen in ein Labyrinth aus inneren Wegen?

Seit der Begegnung mit Rachel war Herr Faustini in einem anderen Zustand.

Als die Wohnungstür sich öffnete, stand dort seine Herzogin in einem eleganten beigen Sommerkleid. Sie umarmte Herrn Faustini, das war eindeutig kein Traum. Es gab sie wirklich.

Sie schlug ihm vor, seine Tasche abzustellen und mit ihr gemeinsam bei einem Ausflug ins Restaurant Eckel den Tag zu verbummeln.

17

Als Herr Faustini eine Woche später seine Reisetasche in seinem Haus abstellte, flitzte der Kater herbei und strich schnurrend im Slalom um seine Beine. Immerhin hatte er Herrn Faustini nicht vergessen.

Abreisen war leicht. Aber ankommen?

Wie schäbig ihm hier alles vorkam. Die Luft stand still, selbst bei offenen Türen.

Was machte er hier eigentlich?

Rachel hatte ihn gebeten, bald wiederzukommen. Wäre er noch jung, er würde sofort in den nächsten Zug springen. Aber so, als alter Depp, da musste man doch zumindest den Schein wahren. So tun, als wäre man reif und gesetzt.

Reif und gesetzt? Zum Henker damit! Herr Faustini musste raus an die frische Luft. Gehen, immer gehen. Nicht in die Kirche. Adé, Engel der Verkündigung! Herrn Faustini war weltlicher zumute.

Er ging und ging, und irgendwann drehte er bei und betrat das Bahnhofscafé.

Und wer saß da?

Und was das Seltsamste ist, sagte Martin mit leuchtenden

Augen, seit ich Evelyn wiedergesehen habe, wenn auch nur kurz, seitdem habe ich das Gefühl, dass meine Haare nachwachsen! Luag amol, sagte er, strich sich über seine spiegelglatte Glatze, da ist ein ganz feiner Flaum, ich schwör's dir, das sind die jungen Haare, die melden sich begeistert zurück, jetzt, wo ich gesehen habe, dass es Evelyn wirklich gibt!

Fühl amol!, sagte Martin und streckte Herrn Faustini seine Glatze entgegen.

Herr Faustini legte seine Hand auf die spiegelglatte Glatze. Kein Flaum weit und breit.

Du hast völlig recht, sagte er, da wächst eine neue Pracht.

5,–

Gedruckt mit freundlicher Unterstützung durch

Stadt Wien

Vorarlberg unser Land

Umschlag: Jorghi Poll
Druck und Bindung: Finidr s.r.o.
© Milena Verlag 2025
ALLE RECHTE VORBEHALTEN
ISBN 978-3-903460-38-6

Weitere Titel und unser Gesamtverzeichnis
finden Sie auf milena-verlag.at